TEA

BOOKS

Glavni i odgovorni urednik
Tea Jovanović

Lektura
Agencija Tekstogradnja

Kompjuterski slog
Stevan Šormaz

Dizajn korica
Agencija PROCES DIZAJN

Izdavač
Agencija TEA BOOKS
Por. Spasića i Mašere 94
11134 Beograd
Tel. 069 4001965
info@teabooks.rs
www.teabooks.rs

ISBN 978-1-716-16599-3

Dušan Miklja

BILO JEDNOM U BEOGRADU

TEA
BOOKS

Miris trave

Nismo osećali lakoću postojanja. Činilo se da smo, naprotiv, mada bosonogi, okovani bukagijama zbog kojih jedva izvlačimo noge iz vrućeg i lepljivog asfalta. Tumaranje gradom je, uprkos tome, ličilo na provod. Istini za volju, izbora nismo ni imali, jer čak i za najskromnija zadovoljstva – bajate šampite kod *Pelivana* ili ulaznice za bioskop pod otvorenim nebom – nije bilo dovoljno novca.

Bazali smo, otuda, nasumice ulicama zastajkujući pred svakim neobičnijim prizorom. Ponekad smo se upuštali u ne sasvim bezazlene avanture vozeći se na papučici staromodnih tramvaja ili, po uvođenju onih savremenijih, prilepljeni kao muve na vratima „harmonici". Penjali smo se i na kalemegdanske zidine, tražeći oslonac u pukotinama između cigala. S vremena na vreme bismo se potukli među sobom, ili svi zajedno protiv nekog drugog čopora.

Bilo je, da ne dužim, svakojakih i dosadnih i pamtljivih dana, ali su se čak i oni najuzbudljiviji završavali tromim i bezvoljnim povratkom kući, kada smo se i doslovno kao prebijeni vukli ulicama. U prvim večernjim satima vazduh je još bio topao a nejak povetarac je uspevao tek da razveje prašinu. Vrućina je bila nešto podnošljivija u dvorištu, u kome su stanari u majicama bez rukava i gaćama sedeli na kućnom pragu, osvežavajući se vodom s česme koja je – i kada bi dugo oticala – bila samo mlaka.

Ma koliko se trudili – pod utiskom filmova iz *Balkana* – da leto zamislimo kao izležavanje na obali tropskog mora pod šarenim suncobranima, povratak kući redovno se završavao manje blistavim umivanjem a potom i pranjem nogu u lavoru.

Raspoloženje se menjalo nabolje kada bismo bezglavo tumaranje gradom zamenili odlaskom na Savu ili Dunav. U to vreme, naravno, nismo znali da su patricijskim zadovoljstvima namenjene senovite bašte, a ne gradske plaže s razdražljivim i znojavim kupačima. Na pripeci je, doduše, i mesto u senci prašnjavog žbuna, uz malo mašte, moglo da ima svojstva renesansnog vrta. Kažem moglo je, ali nije, jer se u to vreme malo šta od onoga što je moglo da se desi dešavalo. To praktično znači da smo se mirili sa onim što smo imali, što će reći da smo na kupanje nosili u novine umotan hleb namazan mašću ili pekmezom od šljiva. Mljackali smo prostački, zalivajući zalogaje vodom sa česme, koju smo pili podmećući šake ili puštajući da nam mlaz curi pravo u usta.

Obamrli od igara u vodi, možda i više od tumaranja gradskim ulicama, unapred bismo se naslađivali deonicama puta koje bismo – da smo se mi pitali – unedogled produžavali. Prva je počinjala ulaskom u čamac, kojim smo se prevozili na drugu obalu. Daleko od razuzdane gomile svaki put bismo iznova poželeli da se prelaz uistinu uskog rukavca preobrazi nekim čudom u dugu plovidbu. Sve, nažalost, ima svoj kraj, te smo i mi, brže nego što smo želeli, neminovno pristajali uz nasip, na kome se već osećala dahtava vrelina grada. Kod fabrike šećera čekali smo tramvaj s papučicom na kojoj se moglo stajati, a kada nema putnika i udobno sedeti. Propuštali smo kupače ispred sebe kako bismo se, ostavši među poslednjima, lakše dočepali te velike privilegije.

Ona je to zaista i bila jer se s tog mesta, više nego s bilo kog drugog, mogao osetiti miris trave. Ne, naravno, duž celoga puta već samo na jednoj deonici, dovoljno dugoj, ipak, da se utisne za ceo život. Do travnate padine „Trojka" je prvo prolazila kroz zonu kiselkastih isparenja (kao kod kineske hrane), zatim ispod podvožnjaka i, najzad, klateći se nesigurno, nešto brže kroz urbani pejzaž, oličen na jednoj strani čađavim železničkim kolosecima, a na drugoj istovetnim betonskim stambenim blokovima.

Odmah iza *Gospodarske mehane* počinjala je zelena padina uz koju je tramvaj, naročito kad je bio pretovaren (što će reći uvek), usporavao, ako ne i milio. Sa papučica prikolice (što je, kako je već rečeno, po opštem mišljenju bilo najpoželjnije mesto) trava se mogla rukom dodirnuti, a njen miris duboko udahnuti. Pošto se, što je takođe rečeno, otežali tramvaj kretao veoma sporo, putovanje se, jer to više nije bila gradska vožnja već pravo pravcato putovanje, usredsređivanjem na miris trave i zaboravljanjem na grad, u beskonačnost produžavalo. Padina je, avaj, ipak imala kraj, te je tramvaj, našavši se ponovo na zaravni zastrtoj asfaltom, ubrzavao, tresući se i poskakujući kao padavičar.

Mada se miris trave više nije osećao, ostao je nataložen duboko u meni. Toliko čak da se u sećanju na detinjstvo javljao pre drugih, kako sam godinama pogrešno verovao, i lepših i važnijih uspomena.

Poslednji prodavac starog gvožđa

Svako zvanje i zanimanje i, najzad, svako poslovanje ima svoje „zlatno doba". Sa stanovišta skupljača starog gvožđa to je bio period neposredno posle rata, kada su obale Dunava od Đačkog kupatila pa sve do Ade Huje i doslovno bile zasejane krhotinama najrazličitijeg porekla i oblika. Kao u zasadima na njivama, iz busenja razrovane zemlje nicali su metalni plodovi uništenih vozila, šlemova, topovskih i puščanih čaura, uplete bakarne užadi i žica, pravougaonih i okruglih tučanih poklopaca, valjaka, cevi, čak i plehanih firmi trgovina i bakalnica koje je vihor rata – ko zna otkuda – oduvao. Starog gvožđa bilo je u izobilju i na Dorćolu, Karaburmi, Bulbulderu i Hadžipopovcu, ali i u drugim krajevima Beograda.

Zaobljeni ili rapavi komadi štrčali su među voćkama u baštama, ili su, zatečeni na ulicama, gurani u kraj da ne smetaju. Bilo ih je, uistinu, toliko da su „đubretari" u očajanju govorili kako se krša nikada neće otarasiti.

Dečaci s periferije, naprotiv, bili su ushićeni što prodajom staroga gvožđa mogu doći do novca. Svaki od njih je, zavisno od mogućnosti, nabavio kolica koja su se najviše razlikovala po vrsti i obliku točkova. Najprimitivnija su izrađivana od drveta, ali bilo ih je i od metala i, najzad, sa šinama obloženim gumom. Ova poslednja su bila veoma na ceni i, shodno tome, znatno uticala na društveni status vlasnika. To se jasno videlo na primeru Pere Glavonje, na kome su svi dečaci odreda isprobavali snagu, sve dok na osovine svojih kolica nije stavio poniklovane kuglične ležajeve. Zato mu je ne samo ukazivano veće poštovanje već mu je povremeno dopuštano da čuva gol, iako je bilo opšte poznato da će mu „krpenjača", kao i uvek do tada, prolaziti kroz noge.

Privlačnost novih kolica je, kako iz toga proizlazi, bila tako velika da su njihovim vlasnicima praštane inače neoprostive greške. Ništa se, stoga, nije moglo porediti sa utiskom koji je ostavljalo tandrkanje po kaldrmi blistavih metalnih koturaljki. Zveketavo kloparanje se, još od zore, zrakasto širilo prema poljima oko grada, da bi se u podnevnim časovima zgusnulo u zvučnu žižu pred kapijama *Otpada*.

Činilo se, tada, da je majdan starog gvožđa neiscrpan. Kao i sve iluzije, i ova je nažalost kratko trajala. Rđarija se, doduše, i dalje nalazila, ali dobrih komada nije bilo ni za lek. Posao, koji više nije obezbeđivao nikakvu zaradu, polako je odumirao. Umesto prikupljanja metalnih krhotina, nalaženi su drugi izvori prihoda. Na železničkim stanicama su vagoni puni voća čekali istovar, a u skladištima drvene gajbice opravku. Postojali su i drugi, ne uvek lagodni i laki poslovi, koji su, ipak, obezbeđivali pristojnu zaradu.

Dečaci s periferije su, otuda, zaboravili na staro gvožđe, okrećući se gotovo listom novim probitačnijim zanimanjima. Kažemo „gotovo" samo zbog jednog izuzetka. Dragan je uporno verovao da će kad-tad naići na metalni monolit, koji će biti veći i od onih najvećih iz „zlatnoga doba". Pomalo poguren, u iznošenom kaputu, on je još od zore vukao kolica neravnim ulicama da bi se, umoran i skrhan, tek uveče vratio kući.

Ponekad je nalazio pleh ili zarđalu žicu što je, umesto da prikriva, još više naglašavalo uzaludnost traganja. Mada je sve upućivalo na zaključak da je majdan iscrpljen, Dragan je bio uveren da na nekom zabitom mestu staroga gvožđa još ima u izobilju. Najbližim prijateljima se čak neoprezno poveravao da svake noći sanja džinovsku metalnu kupu koja ga, dopola zarivena u zemlju, maltene doziva da je otkopa. Drugovi iz kraja su ga, zbog toga, najpre zadirkivali, ali su se kasnije sve više klonili njegovog društva, smatrajući ga nastranim ako ne i poremećenim.

Pogrbljen i ćutljiv, Dragan je zaista delovao kao čudak, izdvajajući se od vršnjaka ne samo izgledom već i ponašanjem. Kako se cilj kome je težio činio daljim, tako je i on pomerao čas ustajanja, napuštajući kuću još pre svanuća. Susedi su ga, otuda, sve reže viđali, ali su, zauzvrat, svake noći mogli da čuju tup zveket točkova koji je u tišini dugo odjekivao. Umesto da Draganovu revnost tumače vrednoćom i upornošću, komšije su njegovo tumaranje u nevreme doživljavale kao konačan i neopoziv dokaz poremećenosti.

U neopravdanost i lakomislenost takvog rasuđivanja prvi su se uverili radnici iz jutarnje smene pred čijim se očima srušio potporni fabrički zid. Kada su zatekli gomilu šuta i cigala, otkrili su, dopola zarivenu u zemlju, kupastu metalnu gromadu. Oko nje su se obavijale – kao protoplazma drhtave – zgnječene ruke poslednjeg posleratnog skupljača staroga gvožđa.

Snaga u rukama

S ringišpilom se ništa nije moglo porediti. Čak ni bioskopi *Takovo* i *Topola*, u kojima su prikazivani kaubojski filmovi. To je i bio razlog što smo se, već na prve taktove „Marine", okupljali na poljani između zgrada, netremice posmatrajući kako radnici postavljaju visoki drveni jarbol s vrteškom i šatre za gađanje u metu krpenim loptama.

Među rukovaocima istetoviranih mišica, blagajnicom s večitom cigaretom u ustima i poslovođom koji je u govoru koristio bar tri jezika – podjednako nerazumljivo – osećali smo da, makar kao posmatrači, pripadamo nekakvom drugačijem, uzbudljivom i pustolovnom svetu. Osvetljena poljana je zaista odudarala od sumornih i zapuštenih mračnih zgrada, koliko i blistavi svemirski brod od tamnoga neba. Neveliki prostor oko ringišpila smo stoga smatrali eksteritorijalnim posedom gde smo sebi dozvoljavali veću slobodu ili, još određenije, u kome smo mašti mogli da pustimo na volju. Gegali smo se, zbog toga, u hodu kao neustrašivi filmski junaci i prema devojkama bili preduzimljiviji nego inače.

Za tako nešto se, prema opštem mišljenju, od ringišpila ništa bolje nije moglo zamisliti. Za blizinu, prisnost, čak s devojkom, dovoljno je bilo da se na vrtešci ugrabi sedište iza nje. To je, naravno, činilo samo prvi deo nešto složenije operacije. Drugi je zahtevao da se, jednom odmaknuto od zemlje, njeno sedište snažnim zamahom visoko odbaci. Sopstveno bi, pritom, zastalo na manjoj visini da bi se potom položaj promenio. Pomenuta operacija davala je najdelotvornije rezultate kod onih mladića koji su uspevali da devojku – pre nego što je katapultiraju – zavrte oko sebe.

Dečaci sa zemlje su sa zavišću gledali kako se gvozdena užad – kao u zagrljaju – zapliću, a potom silovito odvijaju i raspliću.

Posmatrano odozdo bar, sve je izgledalo jednostavno da jednostavnije ne može biti.

Poželeo sam, otuda, da učinim to što su i drugi – s lakoćom – činili.

Vrebao sam da devojka sa žutim kikicama zauzme mesto kako bih, kao bez duše, uskočio iza nje. Blagonaklono je dopustila, pretvarajući se da ne primećuje, da šakama dograbim naslon ispred sebe.

Unapred sam se radovao zaplitanju i rasplitanju, zamišljajući kako devojku odbacujem daleko od sebe da bih se, kada na silaznoj putanji dospe do najniže tačke, ponovo s visine – kao kobac – obrušio na nju. Odigavši se dovoljno od zemlje, odmah sam pokušao da svoj naum oživotvorim. Cimao sam levo-desno, ali se sedište ispred mene samo slabo zanjihalo, ne menjajući bitno putanju. Pokušao sam još jednom sa istim rezultatom. Mada mi je samopouzdanje već bilo ozbiljno načeto, nisam odustajao. Sa upornošću očajnika potezao sam devojčino sedište, nastojeći da snažnim zamahom zamrsim čeličnu užad, ali su i novi pokušaji bili isto tako jalovi kao i prethodni.

Koliko god mi to teško padalo, morao sam da se pomirim s činjenicom da mi ruke nisu dovoljno snažne da devojku prvo zavrtim, a potom daleko hitnem i ponovo se u letu s njom sjedinim. Više, uostalom, nisam imao ni prilike za nove pokušaje, jer je vreme isticalo, a vrteška se sve sporije okretala.

Kada je konačno stala, devojka mi je smesta okrenula leđa, pošto me je pre toga prezrivo odmerila.

Sutradan sam odmah – radi snage u rukama – počeo da vežbam s tegovima, ali sam od pokušaja da na ringišpilu osvojim devojku odustao za sva vremena.

Prvi prizor rata

Prvi prizor rata javio se u vidu vedrog prolećnog prepodneva i pustog raskršća na kome se, ne zna se kako, zatekao usamljeni prolaznik. Da je, kojim slučajem, na ulicama bilo i više ljudi i među njima bi se izdvajao urednom, ali takođe staromodnom, gotovo arhaičnom odećom. Kao da je utekao s maturske svečanosti s kraja prošloga veka, na sebi je imao do grla zakopčan crni redengot, ispod koga se belela čipkasta košulja. Za to doba godine neprikladno duboke cipele bile su tako marljivo „izglancane" da su se na njima sasvim jasno ogledale okolne zgrade i golubovi na krošnjama lipa. Na glavi je imao šešir, takođe crne boje, na očima naočare s rožnatim okvirima, a u ruci je, što je zbog sunčanog dana bilo najčudnije, vrteo kišobran sa sjajnom sedefastom drškom.

Mogao je, tako odeven, da bude bilo šta, ali najviše je ličio na profesora koji, kako kaže Borhes u jednoj od svojih poslednjih pesama, nikuda ne ide „bez toplomera, termometra, padobrana i kišobrana". Koliko staromodnom odećom, privlačio je pažnju i odmerenim hodom. Kao da ne čuje sirene koje su upozoravale na vazdušnu opasnost nije se nimalo žurio, niti je bilo čime drugim pokazivao da je uplašen ili makar uznemiren.

Ma koliko me majka vukla nadole, držao sam se čvrsto za rešetke podrumskog prozora, zureći u usamljenog prolaznika kao čudo koje je na raskršće ulica Starine Novaka i Knez Danilove dospelo iz nekog drugog veka, ili čak iz nekog drugog sveta.

Čim je prestalo zavijanje sirena začulo se brujanje avionskih motora, a odmah potom rezak zvuk kao da oštro sečivo bombe para samu nebesku utrobu. Najgora od svega je, ipak, bila tišina koja je, mada vremenski svedena na samo nekoliko trenutaka, čekanje na tresak bombe činila beskonačno dugim. Kada se to konačno dogodilo osetili smo neopisivo olakšanje, maltene fizičko rasterećenje, jer smo, mada ošamućeni od eksplozije, ipak bili svesni kako je opasnost minula.

Dok su stanari u podrumu klečali, molili se bogu, sujeverno se krstili ili pak samo prostački psovali, uspentrao sam se ponovo do podrumskih prozora. Raskršće koje se do bombardovanja jasno videlo sada je bilo prekriveno gustom, sivom koprenom, kao mrtvačkim pokrovom. Čekao sam strpljivo da se slegne prašina da bih, i dalje nazirući, ugledao nejasne obrise, više nalik na kulise u pozorištu nego na kuće od opeka. Mada je na ulicama bilo šuta i stakla od popucalih prozora, sve zgrade su bile na broju.

Odmah mi je palo u oči da nešto ipak nedostaje. Raskršće je bilo sablasno pusto. Na njemu više nije bilo samo „profesora" već ni golubova koji su pre bombardovanja u jatima sletali na krošnje drveća.

Tražeći grozničavo bilo kakav trag živih bića, prvo sam nasred raskršća ugledao omanji krater. Kraj njegovih ivica spazio sam kišobran sa sedefastom drškom, u lokvi krvi još drhtavo parče mesa, nepoderan „halpcilindar" i, što je bilo ravno čudu, nepolupane naočare.

Nikako nisam mogao da poverujem da je to sve što je od „profesora" ostalo. Zurio sam, zbog toga, kao opčinjen u ivice kratera, nadajući se da će se uredni prolaznik u crnom redengotu nekako ipak uspuzati na površinu.

Čekajući uzalud da se to dogodi, primetio sam da su predmeti, umesto da budu razbacani svuda unaokolo, bili uredno poređani jedan pored drugog, kao na izložbi. Kao da se nevidljiva ubilačka ruka starala ne samo o vrsti „mrtve prirode" već i o njenoj kompoziciji, na pretežno crnu, tmurnu humku je, ponesen vihorom eksplozije, „sleteo" i devičanski beo golub.

Bio je to prvi prizor rata koji sam video. Uramljen u okvir prozora, ličio je čak na nešto beznadežno konačno, muzejske slike na primer.

Mogao sam naravno da zamislim portrete pokojnih ljudi, ali nikako nisam uspevao da se pomirim s prizorom u kome se u tako neopozivi ram, umesto čoveka, makar i mrtvog, smešta samo njegova jadna trošnost. Činilo mi se da nam se neka moćna, okrutna sila ruga, dopuštajući nam da do malopre živo i po urednosti čak jedinstveno biće, zamišljamo samo na osnovu naočara, šešira i kišobrana, jedinih predmeta koji su, ne računajući belog goluba, od njega preostali.

Bilo je to ne samo nepravično već i nezamislivo. Žudeo sam zbog toga svim majušnim bićem nedoraslog dečaka da „profesor" nekako izađe iz rama u koji ga je sudbina nasumično smestila. Dreždao sam na podrumskom prozoru, čekajući da se pojavi, celu noć, sve do zore. Uzalud me je majka svlačila na pod, na silu, naravno. Čim bi okrenula leđa, smesta bih se ponovo uspentrao do gvozdenih rešetki. Nisam maštao o nečemu natprirodnom, skidanju s krsta, vaskrsnuću ili bilo čemu sličnom. Zamišljao sam, naprotiv, nešto sasvim obično, što će reći da „profesor", isto tako spokojno kao što se ulicom šetao, izađe iz kratera ili se, ako su zidovi jame previše strmi, uspuže uz njih.

Kada je vazdušna uzbuna konačno prestala istrgao sam se iz majčinih ruku i otrčao do kratera na raskršću. Koliko god pažljivo zavirivao, nisam video ništa drugo osim haotično nabacane zemlje.

„Profesoru" je znači pošlo za rukom da se iskrade a da to niko ne primeti, smešio sam se. Znao sam da će uspeti. Kako sam, uostalom, mogao i za trenutak da poverujem da od živog čoveka ništa neće ostati, a da će rožnate naočari, „halpcilindar" i kišobran sa sedefastom drškom biti sačuvani.

Zemljanci i amerikanci

Najveći dobitak koji sam ikada stekao, i to u istom danu, plaćen je klikerima. Mada su svi bili okrugli i služili istoj svrsi, među sobom su se razlikovali po izgledu i vrednosti. Na najmanjoj ceni bili su zemljanci, a na najvećoj staklenci ili, nešto veće zapremine, skupoceni raznobojni amerikanci. Za ovim poslednjim svi su čeznuli, te su se njihovi malobrojni posednici od vlasnika zemljanih klikera razlikovali koliko veleposednici od bezemljaša. Govoreći savremenim jezikom bila je to, kako bi rekli sportski komentatori, razlika u klasi. Koliko god se može činiti da su, imajući u vidu vrstu imovine, takva statusna obeležja besmislena, ona su u detinjstvu imala isti značaj kao u odraslom dobu.

Zato nema potrebe da se upuštamo u dokazivanje kako su vlasnici amerikanaca smatrani bogatijim od posednika klavira, ili čak kuće na moru, a još manje da se zaglibljujemo u jalove filozofske rasprave o relativnosti bogatstva.

To treba znati samo da bi se razumelo kako sam se osećao krenuvši u park sa samo četiri zemljanca, a vrativši se iz njega s džepovima koji su se, otromboljeni težinom amerikanaca, vukli do zemlje.

Kao i svako drugo veliko bogatstvo, i ovo je stečeno sticajem raznih, koliko srećnih toliko nepredvidivih i čak neverovatnih okolnosti. Pritom pre svega imam na umu činjenicu da toga dana nisam uopšte imao nameru da se ogledam u klikerima. Majka mi je, naprotiv, naložila da kupim hleb na koji je, kako se kasnije iz priče može razabrati, čekala sve do uveče.

Za hleb sam obično išao u Ulicu kraljice Marije, ali sam toga dana, kao da me za ruku vodi nedokučiva sila, krenuo u sasvim suprotnom pravcu, prema Dalmatinskoj. U parku, na obodu ulice, dečaci su već uveliko bili zabavljeni igrom. Pomislio sam da bih mogao usput i sâm da okušam sreću. Ništa, uostalom, nije ukazivalo na to da ću sa samo četiri zemljana klikera u džepu, i prema najvelikodušnijim procenama zaista bednim ulogom, uspeti da se u igri dugo održim.

Da sebi prekratim muke, a i zato što sam žurio, odustao sam od bacanja na liniju i zatim dugotrajnog preganjanja u kome se dobitak obezbeđivao ciljanjem i pogađanjem protivničkog klikera. Umesto toga, pridružio sam se grupi starijih dečaka koji su se bavili hazardnijom, mlađem uzrastu nedostupnom igrom. Njena pravila su u suštini vrlo jednostavna. U izdubljenu rupu u zemlji zvanoj „nadrupac", bacala se iz daljine puna šaka klikera. Paran broj je dobijao, a neparan gubio. Samo se po sebi razume da su moja četiri klikera, uz to zemljana, u prvoj rundi prihvaćena s neskrivenim prezrenjem. Nisu mi pridavali veću pažnju ni kada sam, neprestano dobijajući, početni ulog povisio na osam, a odmah zatim na šesnaest i trideset dva. Stariji igrači su se jedva primetno zainteresovali tek kada sam višak zemljanaca, u odnosu dvadeset za jedan, zamenio za amerikance.

Tu, naravno, nije kraj priče jer su i amerikanci završavali u „nadrupcu" jedino u paru. Kako se moje bogatstvo uvećavalo, tako su, do tada nadmeni ili samo ravnodušni posmatrači, menjali odnos prema meni, postajući ljubazni i čak nametljivo uslužni. Jedan od gubitnika se, bez ikakvog snebivanja, starao o rasutim klikerima, bestidno zaboravljajući da se na početku dana, kada je još imao status bogataša, za manje dobitke nije ni saginjao.

Lekcija o privremenosti bogatstva, ali i o relativnosti značaja, dobila je tako nov, upečatljiv sadržaj. Neupotrebljivost ove, kao i bilo koje druge – premda dragocene – pouke i ovom se prilikom, nažalost, ispoljila na uobičajeni način, odsustvom svesti o njoj na vrhuncu uspeha.

Tada, naravno, nisam znao da zapravo i ne postoji nikakav vrh, već samo mukotrpno penjanje i, potom, neizbežno silaženje. Razume se da mene, dok sam napuštao park džepova punih amerikanaca, takve misli nisu opsedale. Zaspao sam, naprotiv, snom pravednika kome je nagomilano bogatstvo ulivalo sigurnost i spokojstvo. Samo do sledećeg jutra, nažalost, jer nisam odoleo iskušenju da ponovo oprobam sreću.

Previdao sam, tako, sveto pravilo kocke, što je igranje klikera u bezazlenom vidu ipak bilo, prema kome se veliki dobici nikada ne ponavljaju dva dana zaredom. Bog me je zbog toga odmah kaznio jer sam sve što sam prethodnog dana stekao, isto tako glatko i brzo izgubio. Najviše me je, pritom, začudila lakoća s kojom sam propao. Koliko god nepodnošljiva, imala je i dobru stranu jer se u kasnijoj rekonstrukciji onoga što se dogodilo sve više javljala kao privid, ili bar kao nešto u šta se s razlogom može sumnjati. Gubitak sam, tako, podneo s manje patnje, jer nije isto izgubiti samo privid ili neprocenjiv imetak, makar otelotvoren u raznobojnim klikerima.

Poklopac od tuča

Otac mog najboljeg druga, školski poslužitelj Živan, banuo je kod nas iznenada. U tome ne bi bilo ničega neobičnog jer smo, kao susedi i prijatelji, često jedni druge posećivali, da Živan sa sobom nije nosio težak poklopac od tuča kojim se na ulici zatvaraju kanalizacioni ispusti. Pošto ga je s mukom, dahćući od napora, naslonio na ram od vrata, seo je na stolicu kraj samoga izlaza, preprečivši ispruženom nogom prolaz iz kuće.

Majka nije ustajala od šivaće mašine, ponašala se kao da je najnormalnija stvar na svetu da kasni posetilac dolazi u stan s poklopcem od tuča, pokupljenim, uz to, sa ulice. Mada sam ja zbunjenost skrivao s više napora, trudio sam se da se to ne primeti. Nisam, ipak, uspevao da odvojim pogled od poklopca, kao da nikada ništa neobičnije u životu nisam video.

Majka se prva pribrala, ponudivši gosta kafom. Dok je čekala da voda u džezvi uskipi, čavrljala je o običnim stvarima, o onima s kojima se susreće svaki dan: besparici, skupoći, prljavštini na gradskim ulicama, velikim vrućinama, odsustvu poštovanja prema starijima i, najzad, lakomislenosti mladih koji misle da se „jede sve što leti". Mada nije bilo neuobičajeno da se majka raspriča, osećao sam da se ovoga puta iza bujice reči krije strah, potreba da se zaštiti makar zvučnim zastorom.

Živan joj je u svemu davao za pravo. Nije mnogo govorio, sem što je, tu i tamo, dodavao poneku reč. Delovao je savršeno normalno, mnogo više od mušterija koje su nas pre njega istoga dana posetile.

Poklopac od tuča nije nam, ipak, davao mira. Utoliko pre što je supruga školskoga poslužitelja još ranije natuknula kako joj se muž čudno ponaša ili, još određenije, kako gomila nepotrebne stvari. Ni majka ni ja nismo tada pridavali pažnju njenim rečima. I da jesmo ne bismo u tome videli ništa čudno, jer je Živan bio štedljiv i čuvaran. Dovlačenje svakojakog krša, prema tome, pre bismo tumačili kao žudnju za posedovanjem, nego kao čin ludila.

Sve do tog prokletog poklopca od tuča koji se, naslonjen na vrata, hteli mi to ili ne, nudio kao verodostojan i temeljan dokaz poremećenosti. Da je bilo šta drugo uneo u kuću, još bismo se i kolebali. Ali predmet donet iznebuha i težak kao sâm đavo nije dopuštao nikakve nedoumice.

Kako li ga je samo uprtio na leđa?, pitao sam se zabrinuto.

Sve više obuzet strahom, nosio sam se čak mišlju da šmugnem kroz vrata, da jednostavno preletim preko ispružene noge, ali sam od tog nauma odustao, najviše stoga što bi – u tom slučaju – majka sa Živanom ostala sama. Ostao sam, zato, prikovan za stolicu, nepomičan kao žaba koju je hipnotisala zvečarka. Majka je za to vreme, krijući da je i sama uznemirena, zapodevala razgovor o potomstvu i poslu.

– Kada bi mladi danas samo znali koliko je teško podizati decu, ne bi se tako lako upuštali u brak – ponavljala je, ko zna koji put te večeri, praćena saosećajnim odobravanjem zakasnelog gosta.

Možda će, nadao sam se, umiren jedva čujnim mrmoljenjem, Živan zaboraviti da ponese poklopac od tuča. Možda će jednostavno ustati, uljudno se pozdraviti i otići.

Takav razvoj događaja, koji je više odgovarao zamišljenoj slici nego stvarnosti, pružao je podsvesno priželjkivanu priliku da se razmotre i neke druge, prihvatljivije, ili bar manje uznemirujuće pretpostavke. Moglo se, na primer, pomisliti da se Živan samo slučajno spotakao na poklopac i da ga je rasejano poneo sa sobom, da ga skloni negde u stranu, a ne da ga nosi kući.

S nestrpljenjem sam, otuda, očekivao da se školski poslužitelj konačno pokrene. Njemu se, nažalost, nije žurilo. Popio je ne jednu već dve kafe, ali ničim nije stavljao do znanja kako namerava da krene.

Nije nas, doduše, ni uznemiravao. Ma koliko ga pažljivo, doduše samo krišom, posmatrali nismo otkrili niti jedan nepriličan gest. Da nije, ponavljam već ko zna koji put, bilo tog prokletog poklopca od tuča, zakleli bismo se u sve na svetu da pred nama sedi otelotvorenje normalnosti.

Kao da potvrđuje takav sud, Živan se konačno pridigao, i uz mnoga izvinjenja što se tako dugo zadržao krenuo prema vratima.

– Ah, da, umalo da zaboravim – reče, pravdajući se, da bi uz glasno stenjanje ponovo uprtio metalni teret.

Ispratili smo ga sa olakšanjem, ne lupajući više glavu time zbog čega je od svih nepotrebnih stvari izabrao da kući ponese baš poklopac od tuča. Zašto bismo, uostalom, o tome mislili, kada se sve dobro završilo.

Ujutru nas je probudio za to doba dana neuobičajeno glasan metež. Ne dopuštajući nam da se rasanimo, u stan je uletela uvek dobro obaveštena komšinica. Pre nego što smo stigli išta da zaustimo, ispričala je, takoreći bez daha, šta se prošle noći događalo u kući školskog poslužitelja.

– Možete li, dragi moji, da zamislite tako nešto. Živan je u poremećenom stanju pokušao da pobije sve svoje!

– Jadni ljudi – majka je podjednako žalila i poslužitelja i njegove ukućane.

– Nikada ne biste pogodili čime – zgražavala se komšinica.

– Poklopcem od tuča – oglasismo se u isti glas, kao da je istovremeni odgovor bio dobro uvežbana i besprekorno izvedena muzička fraza, a ne epizoda zbrkanog životnog sazvučja ili, ako vam se tako više dopada, verodostojnog kolekcionarskog ludila.

Koliko košta krokodilovo oko?

Koliko košta krokodilovo oko? Varate se ako mislite da je to samo jedno od onih pitanja koja deca sebi postavljaju i na koje niko ne zna odgovor, kao na primer gde je kraj sveta?

Pitanje koliko košta krokodilovo oko nije, prema tome, proizašlo iz ljubopitljivosti, niti iz zazijavačke dosade, već, naprotiv, iz vrlo praktičnih razloga.

S njima sam se suočio bez sopstvene želje, ali ne i bez krivice koja je, kao i sve što se u životu naopako učini, imala svoju cenu.

Dogodilo se to ovako. Dečaci iz kraja, koji danas sebi daju veću važnost oslovljavajući se međusobno kao „ortaci", često su odlazili u zoološki vrt. Nisu to činili da se dive divljim životinjama, niti pak da, slušajući kreštanje papagaja i riku lavova, maštaju o dalekim zemljama i opasnim pustolovinama. Dok su preskakali ogradu, ništa od toga im nije padalo na pamet jer na zoološki vrt nisu gledali kao na delić nekog tuđeg sveta, već kao na svoju neotuđivu teritoriju, na kojoj su provodili veći deo dana, sve dok ih, s prvim mrakom, čuvari ne bi najurili.

Na poslušne dečake i uredne devojčice, koji su u pratnji roditelja ili učitelja blenuli kroz rešetke kaveza, gledali su, otuda, s podsmehom, ako ne i s prezrenjem. Nije ni čudo, jer su za „veterane" iz kraja divlje životinje bile samo saučesnici u bezazlenim ali ponekad i opasnim nestašlucima. Na njih su, drugim rečima, gledali kao na deo igre, u kojoj su i legitimni stanari zoološkog vrta, ali i uljezi u njemu, imali zapažene uloge.

S majmunima je, naravno, bilo najzabavnije. Kao da su samo čekali da ih neko podbode, skakali su s jedne prečage na drugu, prevrtali se preko glave, ili se međusobno začikivali i jurili. Koliko god se trudili da ih oponašamo, nismo bili ni blizu nedostižnih i neprevaziđenih uzora. S fokama smo, takođe zbog njihovih veština, bili u prisnim odnosima, toliko čak da smo, kad čuvari nisu bili u blizini, nakratko u bazen uskakali.

Ako smo majmune i foke doživljavali gotovo kao partnere, prema lavovima smo se odnosili s dužnim poštovanjem. Pretpostavljam da je to zbog toga što nam, gotovo uvredljivo, nisu pridavali nikakav značaj. Žurili su nekud kroz nas, ili mimo nas, ne udostojavajući nas ni površnog pogleda. Probali smo da im stavimo do znanja da smo tu, na korak od njih. Mahali smo, pljeskali dlanovima, kezili se, činili sve drugo što nam je palo na pamet. Ništa nije vredelo. Za „kralja" životinja bili smo samo praznina.

Pošto u vreme našeg detinjstva nisu bili popunjeni svi prostori u vrtu, rado smo se izležavali na travnatim proplancima, smišljajući nove nestašluke. Sećam se da smo jednom, slušajući kreštanje papagaja, došli na ideju da ga uvučemo u što glasniju svađu. Uspeh je bio toliki da su se u prepirku uključile i druge ptice, a potom i životinje, stvarajući neopisivu galamu, sve dok nas čuvari, naoružani metlama i lopatama, nisu od kaveza oterali.

Nisu svi naši pokušaji da se zabavimo bili uspešni. Krokodila, koga smo iz milošte zvali „mrcinom", nismo mogli da pokrenemo nikakvim naporima. Koliko god se trudili i čak ga gađali svim što nam je bilo pri ruci, njegova trupina je bila beznadežno nepomerljiva. Krupno kamenje je samo bubnjalo po deboj, rapavoj koži, za koju se, zbog neosetljivosti, činilo da je razapeta na bubnju a ne na živom biću.

Povlačili smo se, zbog toga, obeshrabreni, ne uspevajući da saznamo čak ni da li se krokodil samo umrtvio ili je zaista prestao da diše. Sačekavši da se drugi dečaci udalje, nisam odoleo da to još jednom utvrdim. Odabrao sam za tu priliku manji kamen oštrih ivica, koji sam, nagnuvši se preko ograde, iz sve snage hitnuo u oko krokodila.

Desetinu, možda stotinu puta pre toga, pokušavao sam da pogodim u mali smeđi krug koji je jedini izvirivao iz vode, i redovno promašivao. Ovoga puta sam pogodio posred oka. Nije u to bilo nikakve sumnje jer se džinovski gmizavac ne samo naglo pokrenuo već se grčio i trzao, bacakajući se levo-desno brzinom koju ni u snu nisam mogao da zamislim.

Dok sam, bez daha, posmatrao kako pljuska po zapenušanoj vodi, pitao sam se prestrašeno koliko košta krokodilovo oko. Nisam, drugim rečima, bio u stanju da mislim o bilo čemu drugom, osim o tome kakva je tržišna vrednost buljave izrasline. Slušao sam kasnije da ljudima u času smrti prođe kroz glavu čitav život. Mada se umiranje od straha ne može sasvim poistovetiti s pravom smrću i u mojoj svesti je celo ranije bitisanje bilo zgusnuto u samo jedno pitanje: kako ću uspeti da nadoknadim štetu?

Bar koliko i pitanje o kraju sveta, i ovo o ceni krokodilovog oka imalo je nedokučive, kosmičke razmere. Imajući u vidu da sam u školu godinama odlazio u istoj bluzi koju su, zbog iznošenosti i vojničkog kroja, đaci zvali „Koreja", moja žalosna neobaveštenost o visini nadoknade mogla se uporediti jedino sa isto tako žalosnim nepoznavanjem tržišnih vrednosti, posebno kada su imale tako egzotičan i izuzetan vid. Na pamet su mi, otuda, padali, kao da se stropoštavaju s visokog stropa, svi mogući i najčešće neverovatni odgovori, među kojima i taj da krokodilovo oko neću otplatiti čak i ako za njega budem rmbao do kraja života.

Nikada, na sreću, nisam saznao koliko košta jer čuvara nije bilo u blizini, a na „mrcini" se već sutradan nije uočavala nikakva povreda. Spokojno je, naprotiv, dremala nasred prljave baruštine, odolevajući bez muke histeričnim naporima dečaka da je pokrenu.

Sâm u njima, naravno, nisam učestvovao, jer sam, za razliku od drugih dečaka, znao da neka važna pitanja, kao na primer o kraju sveta ili o vrednosti krokodilovog oka, nikako ne treba olako potezati.

Dunavski rulet

Sada, kada istina o Ljubišinoj smrti nikoga više ne može povrediti (roditelji su mu već odavno mrtvi), mi, njegovi drugovi, dužni smo da saopštimo kako se on nije utopio zbog slaboga srca, ili zbog toga što je bio nevešt plivač, već zbog Dunavskog ruleta.

Ne, nismo ništa pobrkali. Dunavski rulet nema nikakve veze s ruskim, mada počiva na istom principu. Poput drugih igara na sreću i u ovoj igri brojeva, koji se naizmenično pojavljuju, treba odabrati pravi, odnosno mimoići pogrešan. To što Ljubiša, kao i većina igrača, nije imao sreće, ne čini njegovu sudbinu nimalo izuzetnom. Ono što je izdvaja od drugih jeste nepravedno zaboravljena činjenica da je on izumeo i, koliko se zna, Dunavski rulet najrevnosnije upražnjavao.

Ako za to pouzdano možemo jemčiti, zbog godina koje, protokom vremena, pokazuju sklonost da se sliju u jednu, nismo sasvim sigurni da li se na Dunavu rulet prvi put zavrteo poslednje ratne ili potonje prve poratne godine. Iz sećanja na zbivanja, razlivena u vremenu kao panonske magle, izranjaju ipak jasni obrisi sprudova od potonulih šlepova, koji su, mada samo veštačke ade, zbunjivali i samu rečnu maticu. Iako su krhotine bile zasejane duž celoga toka, od Kalemegdana do Ade Huje, na mestu nekadašnjeg Đačkog kupatila izrasle su u pravi arhipelag. Prašuma od metalnih lijana, utonulih u blatnjavo dunavsko korito, u početku je bila samo pozornica nesmotrenih i neobuzdanih dečjih igara. Plivali smo od jedne do druge olupine, verali se na kose, u vodu napola uronjene palube, sunčali se na vrelim metalnim pločama. Uveče bismo – već sasvim posustali – šljapkali po asfaltu bosim nogama i u Dušanovoj ulici uletali u oblake prašine iza brektavih kamiona, kako bismo kod kuće otklonili sumnju da smo dan proveli na Dunavu.

Posmatrano sa ovoga rastojanja, ili s bilo kog rastojanja, možemo mirne duše reći da je to bio sasvim dobar provod. Zaostali nanosi rata u vidu potopljenih šlepova ne mogu se, doduše, porediti s klubovima *Mediteran*, ali su za ono vreme, srazmerno prilikama, sjajno poslužili.

Bili bi kao takvi sigurno i upamćeni da Dunavski rulet i događaje i sećanja na njih nije uputio u sasvim drugom smeru.

Kao i sve velike ili bar sumanute ideje, i ova se činila jednostavnom.

– Zaronimo ispod šlepova – predložio je Ljubiša, zureći kao omađijan u zelenkastosmeđe virove.

Prihvatili smo odmah, bez ustezanja, sa oduševljenjem čak, ideju čije posledice nismo shvatali i o kojima, uistinu, nismo ni razmišljali. Svi smo, naravno, ronili u pličaku ispod čamaca, ali ne i ispod šlepova čija su dna bila nepregledna i – oblepljena sluzavim zelenilom – izazivala odvratnost i gađenje.

– Ko će prvi? – upitao je Ljubiša i, ne sačekavši odgovor, uspentrao se na metalnu ivicu pripremajući se za skok. Nizvodno, dokle pogled seže, potopljeni šlepovi ličili su na lanac međusobno povezan vodenim okcima.

Ne, nije bilo nikakve potrebe da nam objašnjava pravila igre. Ko skoči u vodu – bilo je savršeno jasno – mogao je ponovo „naslepo" da izroni jedino između šlepova. Pokušaju da se udahne vazduh nešto ranije ili nešto kasnije isprečila bi se metalna prepreka koja bi pouci o „udaranju glavom o zid" neizbežno dala karakter epiloga.

Mogućnost takvog ishoda, sada je to već sasvim jasno, činili su od Ljubišine igre neku vrstu ruleta koji igraču daje manje izglede i od nepravično poznatijeg ruskog. Za razliku od ovog poslednjeg, u kome je samo jedna od šest šupljina u burencetu pištolja ispunjena olovom, u dunavskom iskušavanju sreće mogućnosti samouništenja i izbavljenja bile su ravnomerno raspoređene.

Da li je Ljubiša o tome uopšte razmišljao dok je, spreman za skok, napregnutih mišića, stajao na ivici šlepa? Ako i jeste, kakav je smisao nalazio u igri u kojoj se čak ni gubitak ne može ponoviti?

Iako će pouzdan odgovor ostati nedokučiv, o njemu bar možemo nagađati. Mogućnosti su, doduše, i za to skučene, svedene zapravo na svedočenje gnjuraca, koji su u sluzavoj mahovini na spoljnom dnu jednog od šlepova uočili tragove nečega što bi mogao biti pokušaj da se noktima ispiše reč „treći". Ako je ta reč bila zaista ispisana, ona samo može da znači kako je Ljubiša čak dva puta zaredom svesno propustio priliku da izroni. Mada je takvo ponašanje svojstveno jedino velikim igračima, mi, njegovi drugovi, pitamo se da li je baš morao da ide do kraja? Do samoga kraja?

Tramvaj „Dvojka"

Možda je odmah posle rata bilo i drugih uživanja, ali među onima svima nadohvat ruke ne znam za veće od vožnje tramvajem. Istini za volju, pomenuta zabava se, strogo govoreći, nije mogla sasvim podvesti pod vožnju, što su, najzad, priznavali i njeni korisnici, govoreći o njoj kao o „vešanju" ili, u još prostačkijem žargonu, kao o „kešanju". Kako se iz tih, nesumnjivo neposrednih, ali ne i sasvim suptilnih opisa može zaključiti, dečaci su za vreme „vožnje" visili na spoljnim rubovima tramvaja, najradije na papučici, ali često i na gvozdenoj kuki otpozadi.

Sigurno je da će se naći mnogi koji će zlovoljno primetiti kako je takva igra bila opasna i zbog toga nepromišljena, ali u tome i jeste draž pustolovine, koja je, da li je to uopšte potrebno naglašavati, bila u potpunosti besplatna ili, kako se tada govorilo, „skroz džabe". Da i ne pominjemo koliko smo za vreme vožnje, koja se mogla unedogled protezati, uživali u gradskim prizorima, bolje reći naslađivali se njima. Na tramvaju „Dvojka", naravno, jer se on jedini vrteo ukrug zbog čega je, makar u odnosu na druge pruge, imao značajne taktičke prednosti. Dečaci su naročito cenili činjenicu da je – samo svojstvo kruga – ukidalo i početnu i poslednju stanicu. To je praktično značilo da su mogli da iskaču iz tramvaja bilo gde, bilo zbog toga što su ugledali nešto zanimljivo, bilo zbog toga što im se prohtelo da malo švrljaju ulicama, a da odmah potom uskoče u sledeće vozilo. Osim već pomenutih taktičkih pogodnosti, „Dvojka" je imala i značajnih strateških prednosti, jer su „tramvajdžije" (kako smo zvali zvanično zaposlene bez obzira da li su upravljali tramvajem ili samo naplaćivali karte i kažnjavali one koji nisu platili) na početnim stanicama znali toliko da se uskopiste da se tramvaju nije moglo ni prići. Događalo se, naravno, da nas pojure i na otvorenoj pruzi, ali tada su bar izgledi bili podjednaki, jednostavno zbog toga što je onih nekoliko trenutaka potrebnih da se tramvaj zaustavi i goniči pojure za nama bilo dovoljno da iskočimo i šmugnemo u prvu ulicu.

Ni dan-danas ne mogu da razumem zbog čega su „tramvajdžije" bile tako ostrvljene, zbog čega su nas, drugim rečima, tako strasno i revnosno progonili. Ne verujem da su karte mogle da budu razlog, jer su one naplaćivane putnicima koji su „unutra", u tramvaju, a ne nama koji smo, prilepljeni kao insekti na koži slona, visili spolja. Mogli su, najzad, da su imali makar malo mašte, da uživaju u varijetet-skoj, cirkuskoj veštini, koju su Beograđani gledali „uživo" mnogo pre pojave holivudskih filmova o „čoveku pauku". Neću, ipak, da grešim dušu i tvrdim kako su sve „tramvajdžije" bile iste. I među njima je bilo normalnih ljudi koji su na nas gledali sa istom ravnodušnošću kao i na muve prilepljene za staklo prozora. Ali opet, istini za volju, bilo je i takvih ludaka koji bi, ugledavši nas kako spolja visimo, načisto pomahnitali. Šta sve nisu činili da nas smaknu! Zaustavljali su naglo tramvaj, ne mareći za putnike, koji su, gubeći oslonac, posrtali i padali. Izletali su kroz vrata, ne čekajući da se vozilo sasvim zaustavi, samo da bi nas, kao pobesneli psi, nemilosrdno gonili. Pribegavali su takođe svim mogućim opakim lukavstvima. Čučali su, na primer, ispod ivice prozora, kako bi se sakrili od naših pogleda, nastojeći da nas iznenade i na prevaru uhvate.

Koliko god to paradoksalno zvučalo, tramvajdžijske podlosti ne samo da nisu iskorenile progonjenu vrstu već su, potpuno suprotno, njen nagon za samoodržanjem još više ojačale. Naša opreznost se, drugim rečima, uvećala, da i ne govorimo o tome da smo bez greške iskakali iz tramvaja u punoj brzini. Sama pustolovina je, najzad, zbog sve veće opasnosti, postala još uzbudljivija i zbog toga zavodljivija. Da i ne govorimo o samoj vožnji, putovanju takoreći, tokom kojeg smo, sve do prvog mraka, kružili gradom kao na krilima.

Bila je to, govoreći savremenim jezikom, „najbolja turistička ponuda": besplatan obilazak užeg gradskog jezgra, začinjen nadmudrivanjem s goniocima i povremeno čak i atletskim igrama, sadržanim u hitrom uskakanju i iskakanju i trčanju (zavisno od revnosti „tramvaj-dždžija") na kraću ili dužu stazu.

Pošto krug nema ni polazište ni ishodište, za ukrcavanje u tramvaj ili, još tačnije, prilepljivanje za njegov spoljni zid, mogla je da bude izabrana bilo koja tačka. Naša družina se obično okupljala kod Crkve Aleksandra Nevskog u Dušanovoj ulici, gde smo bacali novčić da li ćemo krenuti prema Vukovom spomeniku ili prema Kalemegdanu. U oba slučaja (eto još jedne prednosti kruga) tramvaj bi nas doveo do polazišta. Ako bi novčić naložio da krenemo prema spomeniku, očekivala nas je mirna, što će reći spokojna vožnja Dušanovom a potom Ulicom kraljice Marije, sve do zavijutka Grobljanske, na čijem je kraju bio spomenik Vuku Karadžiću. Odatle smo nastavljali širokim Bulevarom kralja Aleksandra da bismo, skrenuvši ulevo, tutnjali sve do Slavije strmom Beogradskom ulicom.

Sa stanovišta „putnika" koji su visili na spoljnoj površini tramvaja, to je bila najopasnija deonica, jer je na prostranom trgu tramvaj usporavao, a na brisanom prostoru mogućnost da budemo uhvaćeni postajala vrlo izgledna. Premirali smo zbog toga od straha sve dok tramvaj ne bi skrenuo u Nemanjinu, na čijem se kraju belasala Železnička stanica. Vozilo se prema njoj kretalo većom brzinom, što zbog blage nizbrdice, što zbog prave linije. U Karađorđevoj smo već bili nadomak svog carstva. Ulica sa zdepastim, zapuštenim kućerinama i mračnim skladištima bila je kao stvorena za priče da u njoj žive „opasni ljudi". Na oštrom zavijutku, posle koga se tramvaj naglo uspinjao na Kalemegdan (u vreme našeg detinjstva mnogo višem nego što je danas) prepuštali smo se već potpuno mašti, verujući da podzemni prolazi, zaklonjeni gustim zelenim žbunjem, vode sve do Kine. Kada bi se najzad tramvaj, uz mnogo stenjanja, kao islužena raga, popeo na zaravnjeni plato, preostajala je još jedna, možda najuzbudljivija deonica, u kojoj se vozilo, uz mnogo škripe, strmoglavljivalo prema početku Dušanove. Da je tada neko nudio opkladu da li će se, pri skretanju pod pravim uglom, održati na šinama ili prevrnuti, većina putnika, uključujući i konduktera, položila bi pare na prevrtanje. Dečaci su zbog toga iskakali s papučica na vreme, već pri kraju strme Ulice Tadeuša Košćuška.

Kasno uviđajući prednost neplaćene vožnje, od koje se po volji moglo odustati u bilo kom trenutku, putnici s kartama u tramvaju prepuštali su se sudbini. Ne svi, doduše, jer bilo je i takvih koji su bili sigurni da im se u blizini Crkve Aleksandra Nevskog ništa loše ne može dogoditi. Za razliku od pobožnog sveta, kočničari su skidali sve svece s neba, kunući se da nikada više neće sesti u tu „krntiju" makar im tako nešto naredio ne samo poslovođa već i „Bog lično". Mada nismo propuštali da im se zbog toga već kod idućeg kruga narugamo, nisu se na nas ljutili, srećni što su, uprkos onim „prokletim pijandurama od mehaničara", ipak izvukli žive glave.

Tramvaj je, tako, u Dušanovu ulicu, gde smo ga ponovo sustizali, ulazio, bolje reći uplovljavao, sporo i otmeno, kao stari parobrod, s nekom vrstom ponovo pronađenog, takoreći blagoslovenog spokojstva.

Putnici su takođe uživali u blagodeti mira i trpeljivosti. Ne samo da se više nisu međusobno prepirali već su, na zaprepašćenje dečaka, umesto da se hvataju za gušu, nudili jedni drugima mesta za sedenje. Promene su, što je već bilo ravno čudu, bile vidljive i kod najokrutnijih konduktera koji su, odustavši od proganjanja dečaka, u sopstvenoj naravi otkrili do tada nepoznate plemenite naslage. „Dvojka" je, otuda, do svoje zamišljene polazne tačke, pred Crkvu Svetog Aleksandra Nevskog, stizala tiho, bez buke, kao da se ne kreće gvozdenim šinama već presahlim Panonskim morem.

Tu, na novom početku, okrenuli bismo još jedan krug, ili bismo izabrali suprotan smer, ili čak zakratko odustajali od vožnje da u crkvenoj porti odigramo partiju klikera.

Zbog čega sam odustao od provoda koji se ni sa čim nije mogao porediti, čak ni s vožnjom čamcem preko Dunava? Pretpostavku da sam to učinio zato što su stare tramvaje s papučicom sa strane zamenili novi s vratima koja se zatvaraju kao harmonika i nekom vrstom okrugle staklene izbočine umesto gvozdene kuke na kraju, bez čvrstog uporišta dakle, treba smesta odbaciti. Mada je tehnički napredak, mora se priznati, otežao uskakanje u vozila, na nove tramvaje smo se isto tako uspešno „vešali" kao i na njihove staromodne prethodnike.

Zašto, onda? Odgovoriću bez okolišanja: zbog izdaje.

Da bi se ublažila težina reči, za koju se na prvi pogled čini da je zalutala u priču, dužan sam takođe da kažem kako je u ovom slučaju izdaja imala blagorodnu prirodu, što će reći da je proistekla iz nesumnjivo dobronamernih i plemenitih pobuda.

Pošto i sâm osećam kako se sve više zapetljavam, prepustiću, ipak, čitaocima da presude da li je i takva izdaja moguća. Evo, dakle, činjenica: moj drug je odlučio da se nikada više „ne veša" za tramvaj. Ništa nisam znao o razlozima iznenadnog „prosvetljenja", ali pretpostavljam da je do njega došlo posle nesreće u kojoj je dečak iz susedstva, u pokušaju da uskoči na tramvaj „harmoniku", izgubio nogu. „Ortak" u vožnji posle toga nikada više nije bio isti. Okrenuo je, doduše, još nekoliko krugova „Dvojkom", ali u tome više nije uživao. Da bude još gore, kao i svi preobraćenici, nije se zadovoljio samo time što sâm od vožnje odustaje. Smatrao je, naprotiv, svojom svetom dužnošću da od toga i druge odvrati.

I majka je, tako, konačno saznala kuda „po ceo dan skitamo". Mikica, naravno, nije to morao dva puta da joj kaže. Sačekala me je, bolje reći postavila zasedu kod poslastičarnice, na uglu ulica Kraljice Marije i Starine Novaka. Kasnije je pričala kako je, videvši me prilepljenog na vratima „harmonike", „umalo šlog nije strefio". Ne znam kako se osećala, ali dobro pamtim da joj glas nije delovao nimalo onemoćalo. Zaurlala je, naprotiv, tako glasno da se čulo sve do Palilulske pijace, da „smesta siđem".

Činio sam to ranije bezbroj puta bez ikakvih teškoća, ali su mi se tada noge načisto „odsekle od straha". Kako i ne bi kada je majčin glas ječao kao Zevsov u trenutku kada je pretio neposlušnim smrtnicima ili drugim bogovima, ne sećam se više. Smandrljao sam se, ipak, nekako na asfalt, napola oduzet, trpeći usput majčine bubotke. Mada od mesta gde sam uhvaćen „na delu" do prizemne kuće u kojoj smo živeli nije bilo ni stotinak metara, uspela je da na tako kratkoj deonici izgovori kilometarsku optužnicu iz koje sam, zbog čestog ponavljanja, zapamtio samo dve, očito najveće krivice: da „sramotim oca u zarobljeništvu" i da ću je svojim opasnim nestašlucima „načisto ubiti".

Nikako nisam mogao da razumem kakve veze ima otac s „vešanjem" o tramvaj, niti sam o tome mogao usredsređeno da razmišljam zbog šamara koji su me pratili sve do kuće, prekidajući svaki čas ionako tanku nit misli.

Bilo kako bilo, majka me je pred ikonom Svete Petke mučenice zaklela da se nikada više „ne kačim" ni o prepotopne, narodske tramvaje s papučicom, ni o nove s „harmonika" vratima. Mada tada to nisam mogao da znam, naslućivao sam da je za krah najomiljenije, ili bar najčešće upražnjavane pustolovine našega detinjstva, kao uostalom i za propast svih velikih poduhvata, bila kriva izdaja.

Pramen kose

Sedeo sam kraj prozora slušajući zvonki smeh, kucanje čaša, ležerno čavrljanje, sve ono što se obično pripisuje dobrom raspoloženju. Dok je nevidljivi nebeski ribar ispod krošnje oraha bacao mrežu satkanu od žutih sunčanih mrlja i tamnozelenih senki, očevi prijatelji veselili su se u dvorištu vedrome danu, ali takođe nečemu još važnijem, nečemu što se, kako se to obično kaže, osećalo u vazduhu. Kad god bi se iz daljine čulo gruvanje topova značajno bi se pogledavali, nazdravljajući jedan drugome. Mada se o tome još nije otvoreno govorilo, svima je bilo jasno da se bliži kraj rata, da će, kako je to u pijanom stanju glasom ostarelog glumca patetično najavio Rapa „šuster", uskoro „svanuti sloboda".

Okupljeni za drvenim stolom rado su zbog toga posezali za pićem, prepuštajući se ugodnom osećaju kako su imali sreće da kraj rata dočekaju živi. Ispod krošnje oraha čula se pesma, prvo tiha, kao romorenje lišća, a potom sve glasnija, čak i razmetljivo glasna, gotovo raskalašna.

Pesma me nije obodrila. Tonuo sam, naprotiv, u sve veću potištenost, u tugu kojoj sam se opirao sa sve većom malaksalošću. Ma koliko se upinjao nikako nisam uspevao da svedem očeve crte na jasan, prepoznatljiv lik. Gubile su se, naprotiv, u mutnom kovitlacu koji me je najviše podsećao na grudvu snega koja se kotrlja niz planinu. Protekle su pune četiri godine kako je otac dopao zarobljeništva. Nisam, otuda, bio nimalo siguran da je slika koju sam o njemu sačuvao u ranom detinjstvu bila dovoljno pouzdana. Od saznanja da za pokidane niti i rasplinute obrise postoje razložna objašnjenja, nije mi bilo nimalo lakše.

Neuspešni pokušaji da jasno zamislim očev lik činili su me, naprotiv, sve zlovoljnijim. Prepustivši se, napokon, u potpunosti očajanju, briznuo sam u plač.

Uto začuh kucanje na vratima. Pre nego što sam pitao ko je, brzo sam obrisao suze.

U sobu hrupi čovek krupan kao medved, u seoskom gunju, sa lica crvena od vetra i sunca i blagih, dobroćudnih očiju.

Odmah je uočio da sam plakao.

Nije me tešio. Samo je rekao: dođi kod ujke.

Skočio sam mu u naručje, jecajući. Ništa nije govorio, čekao je strpljivo da se smirim.

Nikada ga pre toga nisam video. Nisam čak ni znao da imam ujaka. Banuo je iznenada, nenajavljeno, dospevši u Beograd ko zna kakvim poslom.

Još u njegovom naručju, milovao sam ga po kosi, uvijajući je u navojke. Osećao sam pod prstima svilenkastu mekoću koja me je, konačno, potpuno uspokojila.

– Imaš istu kosu kao otac – rekao sam smireno.

Pojma nisam imao otkud mi to. Nisam nikako mogao znati kakvu je kosu imao otac. Ako, uostalom, nisam u sećanju sačuvao njegov lik, kako sam mogao da upamtim mekoću kose, ili još manje da tvrdim kako je ujakova ista takva.

Bio sam, ipak, siguran da je upravo tako. Zatvorenih očiju sam uvrtao navojke baš kao da su očevi. Ništa me nije moglo pokolebati u tom uverenju, čak ni to da rođak na oca nimalo nije ličio.

Čežnja za ocem se tako materijalizovala u pramenu kose. Da sve bude još čudnije, mekoća pod prstima vratila mi je u sećanje i njegov lik. Prvo sam ugledao oči, blage i tople, skrivene u dupljama omršavelog lica. Potom su se pojavile brazgotine i bore, koje se u život jednog čoveka urezuju kao tektonske raseline u koru zemlje. Sve to se na kraju zaokruživalo u lik iznad koga su štrčali pramenovi sasvim meke, svilenkaste kose, koju sam osećao pod prstima isto tako stvarno kao da dodirujem kosu oca na lotrama zarobljeničkog logora u nekom dalekom gradu u Nemačkoj.

Mada je pesma iz dvorišta bila sve gromkija, gotovo da je više nisam čuo. Kao i tuga, na kraju je potpuno iščilela iz svesti.

Majka me je, na povratku s posla, zatekla kako spavam u ujakovom naručju.

Nije htela da me budi, rekla mi je kasnije, jer je po spokojnom i blaženom izrazu lica zaključila kako sanjam nešto lepo i veselo. Kada se ipak, mada nerado, odlučila da me prodrma, najteže joj je bilo da mi odvoji prste zapletene u pramen ujakove kose.

Mustra za vez

U vreme kada je mustra za vez hrupila u ovu priču, u Beogradu nije postojao nikakav Fakultet primenjenih umetnosti. Ukrašavanje kože i tekstila ili, kako bi se danas reklo, njihova umetnička obrada nije se učila na visokim školama već u zanatskim radionicama. Mustre za vez rojile su se, dakle, u glavama vezilja, što je praktično značilo da je njihov izgled zavisio isključivo od mašte i trenutnog nadahnuća. Povremeno bi, doduše, i do „kreatora" zalutao poneki „časopis za dame i gospodu" iz beloga sveta, najčešće iz Beča, ali se modeli nikada nisu samo precrtavali, već su se podešavali i preinačavali kako bi udovoljili ukusu i željama domaćih mušterija. Pošto su ideje o mustri retko kada stavljane na papir, njihovo otelovljenje se ponekad, na kraju puta, razlikovalo od prvobitne zamisli. Nesporazumi su, na sreću, na obostrano zadovoljstvo, manjim prepravkama i doterivanjima, smesta izglađivani.

Mada su mustre služile za jednokratnu upotrebu, njihov vek je, ako bi se mladim gospođicama svideo prvobitni uzorak, mogao i duže da potraje. U tom slučaju bi, kako je majka govorila, „iskale" da se i njima ista takva bluza izveze. Devojke su, kako iz toga proizlazi, više čeznule za lepim radom nego za unikatom, iz čega bi se takođe moglo zaključiti da su bile manje surevnjive i sujetne.

Majka je najviše posla imala u proleće jer su gospođice jedva čekale tople dane da prošetaju nabubrele biste s najnovijim „aplikacijama", ispod kojih je, kroz til, kiptela rumena mladalačka koža. Pomagao sam joj da izađe na kraj sa silnim porudžbinama isecajući pažljivo cvetiće, leptirove ili geometrijske slike, nastojeći da pritom ne oštetim til koji je služio kao podloga. Mada se čini da je takav posao sasvim jednostavan, zahtevao je ipak, kažem to ne sasvim bez esnafskog samoljublja, strpljenje i veštinu.

Kako su porudžbine narastale, tako su i moje obaveze bivale sve veće. Majka mi je sve češće poveravala ne samo mehaničke poslove, što će reći rad s makazama, već i „kreativne". Ovi poslednji bi se najvernije mogli opisati kao smišljanje novih modela. U to vreme žvrljanje cveća ili nekih drugih oblika niko nije smatrao umetnošću, niti čak veštinom koja zaslužuje divljenje ili makar posebnu pažnju. Ne kažem to da bih se žalio, već samo da bih primetio kako sam za danas poštovani status „modnih kreatora" poranio bar četvrt veka.

Majka mi je za izradu „mustri za vez" kasnije uzvratila radovima iz „likovnog". Njena mi je pomoć dobrodošla jer sam se namerio na uvrnutog učitelja koji je u svakom đaku video budućeg Rafaela. Uspeli smo da zajedno odolimo mnogobrojnim zadacima koji su nas stavljali na veće muke od izvoljevanja čak i najprobirljivije mušterije. Mada smo se, kako se to obično kaže, međusobno dopunjavali, nismo se klonili ni zajedljivih primedbi na sopstveni račun koje bi, koliko god to čudno zvučalo, više pristajale kakvom mrzovoljnom likovnom kritičaru nego članovima iste zanatske radionice.

Nije mi trebalo mnogo vremena da primetim kako od „umetničkog neslaganja", postoji i nešto mnogo gore. Otkrio sam to već na prvom koraku, raznoseći bluze mušterijama. Mada se neupućeni čitaoci verovatno pitaju šta je loše u švrćkanju gradom, samo naizgled bezazlena šetnja bila je u to vreme krcata opasnim, takoreći pogibeljnim klopkama. Nije ni čudo jer je Beograd bio podeljen na više neprijateljskih teritorija koje su neprestano međusobno ratovale. To je praktično značilo da sam, raznoseći „aplikacije" (majci je ta reč zvučala otmenije od veza), najmanje dva puta dnevno dobijao batine (jednom u odlasku i jednom u povratku). Ne tako retko se događalo, zavisno od kraja u kome su živele mušterije, da osim zajemčene porcije dobijem i neku ćušku pride.

Procenjujući, otuda, razložno da mi se više isplati da me majka jednom propisno izdeveta nego protivničke „bande" više puta, odbijao sam da raznosim bluze. Moja predviđanja da ću zbog toga dobiti batine, redovno su se ostvarivala. Nisam, nažalost, mogao da naslutim da se neće samo na tome završiti, jer majka od kažnjavanja nije odustajala sve dok mi do svesti nije doprlo da ću pre nastradati u sopstvenom dvorištu nego na „neprijateljskoj teritoriji".

Ta procena se pokazala samo delimično tačna, jer su me već na kraju ulice čekali krvožedni „gradski Indijanci". Mada sam i u kaubojskim filmovima bez daha pratio jurnjavu za kočijama, ovoga puta se njen ishod nije ticao tamo nekih doseljenika na „Divlji zapad", već moje sopstvene kože. Treba li uopšte reći da nijednom nisam izmakao poteri. Zajapureni i za kavgu uvek orni dečaci su me kao od šale stizali i bez suvišnih objašnjenja smesta propuštali kroz šake. Mada, doduše, nisam gubio skalp, osećao sam se jadno i posramljeno. Time se jedino može objasniti da sam redovno uletao u novu grešku. Samo što bi me ostavili na miru, tek što bih malo odmakao, psovao sam goničima majku, još jednom pogrešno procenjujući da ću pre njih stići do granice „slobodne teritorije". Opet su me, naravno, stizali i opet tukli, isto tako nemilosrdno kao i prvi put.

Treba li reći da se sve to ponavljalo i u povratku. Bila je to prava Golgota, s tom razlikom što je Isus bar mogao da se nada božjoj pomoći, koja za mene niotkuda nije dolazila. Da sve bude još gore, teritorija na kojoj sam se jedino osećao sigurnim je, u srazmeri sa slabošću naše „bande", bila manja od onih naseljenih neprijateljskim „plemenima". Pošto je, naravno, geografska rasprostranjenost mušterija bila znatno šira, to je praktično značilo da su mi, gde god se maknem, batine bile suđene.

Ima li, otuda, ičeg čudnog u tome što se raznošenje bluzi sa „aplikacijama" pretvorilo u noćnu moru, u stradanje maltene kosmičkih razmera, koje se, ipak, nije moglo izbeći baš kao ni učestane porudžbine u proleće. Znam da bi najotmenije zvučalo da izjavim kako sam se žrtvovao zbog umetnosti, doduše samo dekorativne, ali tako nešto ne mogu da kažem jednostavno zbog toga što to ne odgovara istini. Na učešće u kaubojskom filmu na javi sam, drugim rečima, bio prinuđen, prvo „kućnim", a potom „plemenskim" nasiljem, začinjenim poterom i psovkama u kojima sam, istini za volju, „neprijateljima" jedino dorastao.

Ne osećam se, najzad, „žrtvom" i zbog toga što u mom stradanju nije bilo ničeg uzvišenog. Ono bi se pre moglo opisati kao sticaj okolnosti. Hoću time da kažem kako nama Palilulcima niko nije bio kriv što su „bande" u susedstvu, na Hadžipopovcu, Bulbulderu i Dorćolu, da i ne govorimo o onima s Karaburme i Dušanovca bile jače od naše. Da je bilo obrnuto, da smo mi bili snažniji od njih, mi bismo njih tukli. Verujte mi na reč da se ne bismo nimalo ustezali. Da smo bili jači. Ali nismo.

Kalfensko pismo i druge relikvije

Iz kutije za cipele u kojoj smo čuvali stare fotografije iščeprkao sam kalfensko pismo u kome je crno na belo stajalo da je otac „izučio obućarski zanat u majstorskoj radionici *Stojanović i Milovanović"*. Očeva majka Jelena je pismo, koje su potpisala tri člana Ispitne komisije i predsednik esnafa Grada Beograda, odmah odnela kod stakloresca i tako uramljeno držala na zidu iznad kreveta zajedno sa uvećanom fotografijom u vojničkoj uniformi pokojnog supruga Jovana, preminulog od tifusa ili neke druge isto tako opasne boleštine u Taškentu.

Posle njene smrti kalfensko pismo je, zajedno s drugim važnim dokumentima, dospelo iz rama u fioku, u kojoj je, uvijeno u rolnu i uvezano vrpcom crvene boje, godinama zaboravljeno čamilo. Strahujući da se pod prstima ne rasprši jedini preostali materijalni trag ne samo uspešnog učenja zanata već i očevih dečačkih godina, hartiju sam pažljivo raširio. Primetio sam da je papir požuteo i da je na poleđini, da se ne raspadne, na više mesta ojačan lepljivim trakama. Kaligrafski ispisana slova i višebojna bordura na obodu pisma bili su, začudo, uprkos trošnosti papira u potpunosti očuvani. Simboli zanata, kojima se tridesetih godina prošloga veka Beograd dičio, u svemu su podsećali na heraldička obeležja starih dinastija, ali i na svodove italijanskih opštinskih zdanja (*palazzi municipali*), koji slikama u boji na tavanici opisuju razna umeća i veštine.

Pomislio sam, najviše pod utiskom prizora na borduri, kako su zanati nekada imali dostojanstvo. Nisam li, uostalom, od oca čuo da je za Novu godinu postojao običaj da se okupe najviđeniji muzičari. Oni su tu noć svirali besplatno, ne misleći na pare, verujući, naprotiv, da su sasvim dovoljno nagrađeni priznanjem da su najbolji. Na starinskim fotografijama se, najzad, jasno videlo da su majstori držali do sebe. U svečanim prilikama nikada se, otuda, nisu pojavljivali bez uredne bele košulje i mašne, niti bez zlatnog lanca kojim su iz džepa na prsluku ceremonijalno izvlačili sat. Ono što je na tim fotografijama najviše padalo u oči je smirenost ili, ako vam se tako više sviđa, odsustvo bilo kakve usplahirenosti. Majstori su se, naprotiv, razmeštali u ramu kao da se pripremaju za krunisanje, kao da je pred njima cela večnost.

Zureći kao opčinjen u slike koje su neopozivo pripadale prošlosti, odjednom sam shvatio da sam sa ocem proveo žalosno malo vremena, čime hoću da kažem kako smo uistinu bili više razdvojeni nego zajedno. Nije otuda nikakvo čudo da sam o njemu crpeo naknadna saznanja iz takođe žalosno malog broja preostalih fotografija i pisama. Pošto smo, dok je otac bio u zarobljeništvu, svaki čas posezali za njima one su imale status čas relikvije a čas opšteg dobra koje se, uz slatko i kafu, pokazivalo svim gostima ili makar slučajnim prolaznicima. Kada se zna da se i stopalo Svetog Petra u Vatikanu, iako od mermera, udubilo od mnogih dodira, može se samo zamisliti na šta su, posle četiri godine, ličile fotografije koje su, uprkos solidnosti nemačke laboratorije, ipak bile izrađene od samo nešto tvrđeg papira. Iako smo nastojali da im lepljivim trakama učvrstimo „armaturu“, toliko su ispucale i požutele da su više ličile na zapise na pergamentu neke davno minule carevine nego na proizvod novoga doba, što će reći savremene foto-tehnike.

Jadno stanje malobrojnih sačuvanih fotografija poticalo je iz običaja da ih često i dugo držimo u rukama. Na njih, dakle, nismo gledali površno i nemarno kako to obično čini dokoni svet razgledajući slike s letovanja. Posmatrali smo ih, naprotiv, s predanošću arheologa koji brižljivo uklanja suvišne nanose da bi došao do dragocenog predmeta. Nije ni čudo jer su fotografije bile jedina nedvosmislena potvrda da je otac živ, jedino materijalno ovaploćenje njegovog gotovo zaboravljenog lika. Fotografije, koje su iz zarobljeničkog logora u Nemačkoj neredovno stizale, bile su naravno u crno-beloj tehnici koja se bitno razlikuje od fotografija u boji kakve se danas gotovo isključivo izrađuju. Na prvima je portret uvek u prvom planu. Ličnost je ta koja dominira slikom bez obzira na to da li je oslonjena na zid stare tvrđave ili snimljena dok radi u polju. Kolor fotografije, naprotiv, posvećuju najveću pažnju dekoru koji ukrašava prijatne i ponekad sentimentalno-nostalgične, ali ipak samo uobičajene trenutke svakodnevice. Pomenute razlike možda ne bi bile vredne pomena da ne izražavaju i bitno različitu filozofiju života jer su, za razliku od scenografije u boji, portreti po svojoj prirodi takođe pomalo opora slika duševnog stanja ličnosti.

Nije, najzad, svejedno da li čovek pred sobom ima lik bića koji mu nedostaje ili sliku palme na obali nekog tropskog mora. S likom se može voditi dijalog. S palmama ne. Portret se, najzad, s vremenom menja jer se na njemu svakom novom prilikom zapažaju nove pojedinosti. Protekle su tako godine pre nego što sam zapazio da su fotografije oca iz zarobljeništva obrazac verodostojnog Bifeovog stila. Iste, do groteksnosti izdužene crte lica, ista turobnost boja, koje su, uistinu, svedene na samo tamne nijanse, ista obespokojavajuća teskobnost, ista sudbinska predodređenost, naglašena neprestano istim nepromenljivim izrazom. Znam, naravno, da su podudarnosti sasvim slučajne, da su fotografije snimljene u nemačkom zarobljeništvu, da se za Bifea, koji je uostalom bio slikar, prvi put čulo posle rata. Ali ipak?

Na jednoj od fotografija otac je oslonjen na taman zid neke tvrđave koja je, sudeći po zapuštenosti ili možda samo patini, izgrađena u nekom od prošlih vekova. Činilo se, zbog toga, da je pozadina slike svesno izabrana da bi vremenskom neodređenošću delovala apstraktno, više kao kulisa nego kao predmet koji pripada određenom dobu. Na drugoj fotografiji otac je u uniformi srpske vojske snimljen negde u polju. S njim su tri zarobljenika takođe u uniformama, bez opasača. Mada pogled više ne zaklanja zid tvrđave, drveće bez lišća na obodu šume takođe je obeležje Bifeovog stila, što će reći turobne, ogoljene scenografije. Pošto su te fotografije ipak bile namenjene porodici, otac se na njima trudi da nas obodri smeškom, koji se na slikama, i to samo kao grč, jedva nazire. Ne znam kako da to objasnim. Da li, uza sav trud, nije uspeo da se uverljivo nasmeje, da svom licu dâ izraz kakve-takve vedrine, ili je fotograf (Bife?) pre vremena škljocnuo? Bilo kako bilo, na fotografiji se isticao grč koji je ionako isposćenom i beskrajno tužnom liku davao nešto groteskno, nalik maski.

Majci i meni sve to nije bilo nimalo važno. Drugim rečima, fotografije nismo tumačili već smo bili zahvalni, čas bogu čas sudbini, što ih uopšte imamo. Bilo je to sasvim dovoljno da nas usreći iako je u nas zurio više model francuskog slikara nego sasvim živ čovek. Znali smo zbog toga da provedemo pola dana upijajući nezasito pogled koji je, uprkos ispošćenosti lica, tamnim bojama i turobnosti dekora, sačuvao toplinu i blagost.

Ako su fotografije bile dokaz postojanja, ako su, dakle, imale aksiomatičan karakter, pisma su davala prostora da se već postojeće nedoumice umnože, da se razvije ljubopitljivost i dopisivanju dâ vid neke vrste enigmatične slagalice u kojoj su reči imale smisao jedino kada se rasporede na odgovarajuća mesta. Takvo njihovo obeležje je bar delom poticalo od neredovnosti i ponekad čak odsustva bilo kakvih vesti, što nas je upućivalo da vremensku prazninu popunjavamo nagađanjem, što će reći nekom vrstom primenjene vidovitosti. Shvatajući potrebu za čudotvornim, takoreći natprirodnim sredstvima, majka je imala običaj da na čitanje pisama, bar onih delova koji nisu bili sasvim privatni, okuplja pola komšiluka. Među zvanicama je obavezno bio Rista Grk, koji u Paliluli, a možda i u celom Beogradu, nije imao premca u gledanju u šolju. Kako se iz toga može zaključiti, proširene porodične seanse obavezno su uključivale ispijanje kafe kako bi se iz taloga na dnu šoljice saznalo kakva je sudbina prisutnih gostiju ali i njihovih po svetu rasejanih milih i dragih. Rastojanje između dva očeva pisma se tako, uz pomoć Riste Grka, donekle skraćivalo jer smo, tumačeći zamršene kafene šare, saznavali šta se u međuvremenu događalo.

Sada, kada su do kraja potrošena očeva i vremena i međuvremena, ne mogu da se načudim da su maltene sva materijalna svedočanstva o njima stala u običnu kutiju za cipele. Od iskušenja da po njima preturam kao po napuštenim stvarima u nekom skladištu odvraćala me je neka vrsta nelagodnosti, zebnje čak, čije izvorište nisam sasvim dobro razumevao, a još manje sam umeo da ih opišem. Možda odgovor nikad ne bih ni saznao da se Kalfensko pismo koje je imalo status relikvije nije pod prstima takoreći raspadalo.

Strah koji me je zbog toga odjednom obuzeo nije poticao samo iz brige o tome da li će biti sačuvan dokument koji je, uostalom, imao samo biografsko značenje već i iz nepodnošljivog osećaja da se u rukama kruni i nestaje otisak samoga života. Ne umire, dakle, samo čovek već i sećanje na njega. Oni koji se opreznije služe rečima svakako ne bi izjavili da sećanja „umiru" već samo da „blede" ali se sve, ipak, svodi na isto. Kakve đavola ima veze da li „umiru" ili „blede" ako završavaju u nekom budžaku u staroj kutiji za cipele?

Majka je, ne shvatajući da se to pitanje postavlja više načelno, da ne važi samo za jedan slučaj već za sećanje u celini, uvređeno izjavila da je fotografije i pisma samo privremeno smestila u kutiju za cipele. Ona me je, isto tako ozleđeno, podsetila da su pre toga bili u kutiji ukrašenoj školjkama, koje je kao dragocenu uspomenu s jedinog letovanja na moru, držala u ormanu od tvrdog drveta. Najzad se, ne znajući više šta da kaže, rasplakala što je na njenoj lestvici vrednosti takođe imalo vrednost dokaza.

Ako je majka pitanje doživela previše lično filozofi su ga shvatili previše uopšteno ili, možda, sasvim apstraktno. Oni su, drugim rečima, razdvajali sećanje na dragu osobu od tragova koje ona ostavlja iza sebe. Zbog čega su, najzad, potrebna pisma i fotografije ako se uspomena čuva u svesti, u nečemu u potpunosti nematerijalnom? Mada se nije mogla poreći razložnost takvog rasuđivanja ono se lako pobijalo takođe razložnim ukazivanjem da je sećanje nepouzdano, a da uspomene s vremenom takođe blede u toj meri čak da je oživljavanje u svesti davno viđenog lika bar donekle takođe plod uobrazilje. Zbog toga su fotografije dragocene, jer je na njima sačuvan lik kakav je zaista u stvarnosti ili bar kakav je bio u trenutku kada su snimljene. Pisma su isto tako trag ruke koja ih je pisala, nečega, dakle, što je držalo olovku i bilo pokretno i živo. Razgledanje starih fotografija i ponovno čitanje ko zna koji put takođe starih pisama nije, prema tome, bio samo nostalgičan čin već i način da se obnovi sećanje i na pouzdaniji način sačuva uspomena.

Ne mogu da kažem da sam otkriće o pomenutoj međusobnoj vezi doživeo kao čudo ali takođe ni da sam prema njemu bio ravnodušan. Ako su se, uostalom, iz Aladinove čarobne lampe pomaljale beskrajne povorke džinova i kepeca, dobrih vila i zlih čarobnjaka, osedlanih atova i divljih životinja, zbog čega, isto tako, u staroj kutiji za cipele nije mogao da bude zgusnut ceo jedan život? Na drugoj strani verovanje da je to moguće već ionako veliku prisnost prema njenom sadržaju pretvorilo je u brigu, u strah da neminovna privremenost materijalnih tragova znači takođe i kraj sećanja.

Ako sam ranije u kutiju svaki čas zavirivao, sada sam je, zbog toga, dugo i neodlučno obilazio. Ma koliko se trudio da fotografije dodirujem s najvećom nežnošću one su se ipak osipale i habale, pretvarajući se na moje oči u papirnatu prašinu, ništavilo takoreći.

Nije tu bilo nikakve pomoći jer se s vremenom, kako je već rečeno, iako sačinjeno od tvrdog materijala, izlizalo čak i stopalo Svetoga Petra. Zbog čega bi, tada, istu sudbinu izbegla sećanja na oca, koja su u trošnom papiru imala manje čvrsto uporište od sveca isklesanog u mermeru.

Zub s tri korena

Školsku ambulantu nismo nimalo voleli. Najpre zbog toga što su nam tamo, kad god bismo odrali kolena, premazivali rane alkoholom i jodom, ali još više zbog toga što su nas upravo na tom mestu bez milosti kljukali ribljim uljem. Krupna medicinska sestra (snaga je izgleda bila uslov da dobije to zaposlenje) nije čekala da doktor naredi da otvorimo usta. Ne oklevajući nimalo zarivala nam je palac leve ruke u jedan obraz a ostala četiri prsta u drugi da bi kroz silom otvoren prorez supenom kašikom sipala u grlo riblje ulje. Većina dečaka je zatvorenih očiju gutala zejtinjavu, bljutavu tečnost ali bilo je i takvih koji su se samo pretvarali da to čine. Neki Velikić je, na primer, držao ulje u ustima i na povratku u školu sve do velikog odmora. Čak i kada ga je učitelj prozivao držao je usta zatvorena, mumlajući nerazgovetno. Često je zbog toga kažnjavan da sedi u „magarećoj klupi" iz koje je, na zvuk zvonca za odmor, izletao kao zapušač iz flaše šampanjca, rušeći sve pred sobom. Za sobom je ostavljao mastan trag sve do školskog dvorišta u kome se, navrat-nanos, oslobađao preostalih uljanih zaliha.

Koliko god smo se trudili da podražavamo Velikića, nismo u tome uspevali najviše zbog toga što niko od nas nije bio u stanju da tako dugo drži ulje u ustima. Radije smo ga gutali, makar zatvorenih očiju, samo da ga se što pre „kurtališemo". Neumorno smo potom pljuckali nastojeći da odstranimo i najmanji trag nepodnošljivo mučnog ukusa. Riblje ulje nas je, na nesreću, progonilo i van ambulante jer su školski hodnici bili izlepljeni šarenim plakatima koji su slikom i rečju jemčili da na svetu od njega nema ničeg zdravijeg i korisnijeg. Možda bismo takva uveravanja nekako i podneli da nisu bila praćena crtežom na kome je dečak koji guta riblje ulje predstavljen kao otelotvorenje najvećeg blaženstva. Pošto smo to doživljavali kao grubu neistinu, takoreći ličnu uvredu, neko od đaka je na papiru nažvrljao krupnim slovima: lažu.

Naizgled jednostavna reč od samo četiri slova imala je krupne posledice. Upravitelj je pokrenuo istragu naloživši učitelju da sa svakim od nas pojedinačno razgovara. Uprkos tako strogim merama, krivac za „uništavanje školske imovine, ruganje zdravstvenim vlastima i omalovažavanje vaspitne ustanove", kako je u optužnici kvalifikovan „zločin", ostao je neotkriven.

Likujući zbog toga, torturu „supene kašike" smo ne samo podnosili s više stoicizma već smo se obešenjački trudili da joj se bar malo narugamo. Kad god nam je otuda uvek gruba i neljubazna bolničarka prinosila kašiku sa uljem, zatvarali smo oči da bismo izrazili ne gađenje i odvratnost već, naprotiv, zadovoljstvo i ushićenje koje se može videti jedino na spokojnom licu ili isto tako naočitom pupku Bude lično.

Bolničarka je mirnoću „malih đavola", kako nas je u nimalo prenosnom smislu zvala, doživljavala kao „neopisiv bezobrazluk". Redovno se, otuda, žalila upravitelju škole kako joj se rugamo. Ništa, na sreću, nije uspela da dokaže jer na naše pitanje zbog čega ne bismo uživali u nečemu tako „zdravom i korisnom" nije imala odgovora.

Nismo, nažalost, u pobedi dugo uživali jer su školske vlasti uzvratile udarac. Školska ambulanta je, kao da gutanje ribljeg ulja nije bilo dovoljno okrutna kazna, proširena i zubnim odeljenjem.

U praznu prostoriju najpre je dovučena mašina bušilica, predstavljena kao aparat za lečenje zuba, koja je najviše ličila na srednjovekovnu spravu za mučenje. Zubar, koji je došao odmah za njom, nije ostavljao ništa bolji utisak. Od njega su nas, pre svega, odvraćale duge i snažne i, koliko se ispod rukava moglo videti, neobično kosmate, kao u majmuna ruke. Nismo, otuda, imali nikakve teškoće da ga zamislimo kao dželata koji osuđeniku na vešanje ili odsecanje glave giljotinom navlači kapuljaču na oči.

Pera Glavonja, koji je imao nesreću da bude prva žrtva novog školskog zubara, kleo se rođenom majkom da je od samoga zveckanja alata, pre nego što ga je „mučitelj" i dotakao, načisto premro od straha.

Podozrevali smo, naravno, da je baš sve tako kako je Pera predstavio. Prikrali smo se, zato, prozoru ambulante da se u njegovu priču i lično uverimo. Pokazalo se, što se inače sasvim izuzetno događalo, da je Glavonja govorio istinu. Mada jedan drugom to nismo hteli da priznamo, žalili smo što smo u nju uopšte sumnjali jer je, baš kako je Pera opisao, već i sâm pogled na sprave za mučenje bio dovoljan da nam se „noge oduzmu".

Kada nas je, otuda, učitelj Gorčić obavestio kako će školska ambulanta, koja se dotad starala o jačanju organizma đaka nepodnošljivo velikim porcijama ribljeg ulja, odsad brinuti i o njihovim zubima, u razredu se čuo huk čija se snaga mogla porediti jedino sa onim vodopada Nijagare ili Zambezija. Pogrešno ga protumačivši kao odobravanje, učitelj se prvo, kao da je na pozorišnoj sceni, više puta poklonio a zatim požurio da upravitelja obavesti kako su đaci dolazak zubara primili sa oduševljenjem.

Nesporazumima nije bilo kraja ni kod kuće. Pre nego što sam majci stigao da ispričam kroz kakvu je golgotu prošao Pera Glavonja, preduhitrila me je novošću za koju je, sudeći bar po tome kako se blagorodno smeškala, verovala da će me usrećiti.

– Sutra idemo kod zubara.

Primetivši da uzdišem upitala je iznenađeno:

– Šta sam tako strašno rekla?

– Zbog čega pitaš? – pravio sam se nevešt.

– Kako zbog čega? Ako se pogledaš u ogledalo videćeš da imaš izraz osuđenika kome su upravo saopštili kako mu je molba za pomilovanje odbijena.

– Ni ja se ništa bolje ne osećam – priznao sam iskreno.

Majka me pomilova po kosi.

– Ne budi kukavica. Ne vodim te kod dželata već kod zubara.

Uzalud sam dokazivao da – s mog stanovišta – tu i nema neke velike razlike. Zubar se, kao i sudbina, nije mogao izbeći.

Majka me je sutradan u školsku ambulantu lično povela. Nisam nikako mogao da razumem zbog čega se neprestano smešila kao da me vodi u poslastičarnicu a ne na gubilište. Kada me je pred vratima ambulante ostavila, šaljući mi poljupce, uvređeno sam joj okrenuo leđa.

Zubar me je bez mnogo okolišenja smestio na stolicu. Naložio mi je, potom, poslovno da otvorim usta. Mada sam toliko razjapio čeljusti da su me vilice bolele, tražio je da ih još više raširim. Već po tome koliko je uzdisao dok je čas kuckao čekićem, čas zabadao šilo u šupljine, znao sam da se poseta ambulanti neće dobro završiti.

Potvrdio je to sâm brižnim rečima:

– Bogami će ovde biti mnogo posla.

Skupio sam se od straha. Kada sam kasnije u crtanim filmovima video kako se to isto dešava miševima i mačorima, iz ličnog iskustva sam znao da je to moguće. Pomišljao sam čak da šmugnem kroz vrata ali mi je mučitelj već namakao oko guše ubrus koji me je stezao kao omča za vešanje. Od bekstva su me odvraćali i neprirodno dugački udovi pavijana, pod kojima sam se osećao kao insekt ulovljen u paukovu mrežu. Mada me je već i to činilo sapetim i obeshrabrenim, potpuno sam obamro kada je na polici kraj bušilice za zube počeo da reda sprave i alat, koji su, bar što se mene tiče, mogli takođe da potiču i s nekog građevinskog stovarišta. Bilo je tu malih i velikih čekića, klinova, metalnih čaklji, klešta, šila, turpija i drugih isto tako zastrašujućih alatki koje je „dželat" s treskom spuštao na stakleni pult. Rezonanca pretećeg odjeka – i to od svakog predmeta pojedinačno – podrhtavala je u glavi kao da mi usred lobanje razbijaju stenje pneumatskim čekićem.

Bio je to samo nagoveštaj ozbiljnijih nevolja koje su me očekivale. Pošto je prvo, ne obazirući se na moje bolne grimase, šilom provrteo kroz svaku pukotinu, dohvatio je poveća klešta.

– Kutnjak, nažalost, ne možemo da spasemo. Moraće napolje.

Pošto od nagomilanog alata u usnoj duplji nisam mogao da izustim ni reč, pokušao sam da ga odvratim mumlanjem. Da li zbog toga što me nije razumeo, ili zbog toga što za moje protivljenje nije mario, čvrsto me je jednom rukom dograbio za glavu, a drugom potegao kleštima.

U to vreme nisu bile predviđene injekcije za olakšavanje bola. Pacijentima je, prema tome, jedino preostalo da se nadaju kako neće dugo trajati.

Nisam, ipak, ni u najcrnjim slutnjama mogao da zamislim da će me zubar, povlačeći za zub, podići iz stolice. Ječao sam i cvileo ne samo zbog bola već i zbog straha da će mi, umesto zuba, iščupati vilicu, ako ne i glavu.

Ma koliko snažno vukao kleštima zub se nije pomerao. Pokušaj da se uvrtanjem, kao kod šrafa, dođe do rezultata takođe se izjalovio.

Zbunjen neočekivanim otporom „dželat" je za trenutak zastao. Kratkotrajna nada, bolje reći trenutni blesak da će me poštedeti muka i odustati od vađenja zuba, pokazala se neosnovanom. Pre nego što sam stigao da, mumlajući, zamolim za milost, bacio se ponovo na mene kao zver na plen koji tvrdoglavo izmiče. Vukao me je, čas na jednu, čas na drugu stranu, zajedno sa stolicom, od jednog do drugog zida i doslovno po celoj sobi.

Sledio sam se od pomisli da sve to nema više nikakve veze sa zubima već s povređenim samoljubljem, s nečim, dakle, što moju ulogu i čak i samo moje postojanje čini zanemarljivim. Pavijan se nosio s „konjskim korenom", kako je u besu krstio predmet opiranja, kao da je pred njim zaista trkačko ili zaprežno grlo, a ne nejaki i preplašeni đak.

Kada je, najzad, upirući nogama o pod, povukao klešta „iz sve snage" obema rukama, nešto je kvrcnulo. Zub koji je dotad jogunasto odbijao da se pokori popustio je samo dopola. Kao branitelji koji napuštaju spoljne bedeme da bi sabrali snage i pružili novi otpor na unutrašnjim, tako su se i ostaci zuba povukli u još sigurne škrbotine.

– Isteraću vas ja već napolje – pretio je histerično kosmati zubar, manje zubu a više tamo nekom zamišljenom neprijatelju kome sam ja, na nesreću, služio samo kao neka vrsta okvira.

Da ozbiljno misli shvatio sam krajičkom preostale svesti tek kada je na pult pored sebe počeo da reda metalne klinove i čekiće. Već po izboru alata zaključio sam da namerava da koristi metod koji se primenjuje u kamenolomima, što će reći da snažnim udarcima razdrobi kamen kako bi ga kasnije – parče po parče – izvukao na površinu.

Posmatrajući kako se za građevinske radove temeljno priprema zaključio sam da se manijak neće kolebati da mi, ako ništa drugo ne uspe, stavi u usta eksploziv. Smišljajući u očajanju kako da spasem glavu, smakao sam, tobož slučajno, metalne klinove i čekiće s police. Sačekavši da se „pavijan" sagne da pokupi rasutu opremu, skočio sam sa stolice i kao bez duše izjurio kroz vrata ambulante.

Trčao sam sve do kuće kao grčki ratnik s Maratona, ali za razliku od njega, nisam nosio dobre vesti. Videvši me, umrljanog od krvi, majka je tražila da joj, pre nego što padne u nesvest, kažem koji me je dželat tako unesrećio.

– Zubar, naravno – procedio sam osvetoljubivo.

Orman od tvrdog drveta

U skromnom ako ne i oskudnom majčinom pokućstvu orman od tvrdoga drveta imao je neprikosnoveno mesto. Kao da je i sam bio svestan takvog povlašćenog položaja, držao se nekako izdvojeno od drugih stvari. Bio je oslonjen na zid, kao da sâm sebi čuva leđa, što je bilo pomalo čudno, jer u njegovoj blizini nije bilo ničega. Mada je, naravno, reč samo o mrtvim predmetima, sticao se utisak da su se nekako klonili ormana, možda i zbog toga što su – u poređenju s njim – izgledali sitno.

Obelisk od tvrdog drveta delovao je, otuda, još izdvojenije i usamljenije, zloslutno čak, kao gromada koja je, ne zna se kako, u stan dospela iz dalekog nedokučivog prostora. Mada mi majka nije branila da zavirim u unutrašnjost ormana nisam to nijednom učinio. Ni sam ne umem da objasnim šta me je od toga odvraćalo. Ne verujem da je to bio strah, jer se nisam plašio da u vitrini u istoj sobi razgledam i čak uzimam u ruke komade servisa od kristala koji je imao status porodične relikvije. Pre će biti da sam osećao nelagodu pred nepoznatim, pred nečim, dakle, što nisam uspevao tačno da definišem.

Mada je majka na orman gledala sa strahopoštovanjem, bio je to jedini komad nameštaja s kojim nikada nije uspostavila odnos prisne bliskosti. Nije mu tepala. Nije ga mazila. Nije čak znala da objasni, što je od svega najčudnije, kako je orman uopšte dospeo u njenu kuću. Znala je jedino da ga je nasledila od očeve majke Jelene, ali je o svemu ostalom samo nagađala. Od mnogih pretpostavki najviše mi se dopala ona da je orman izrađen od tvrdog drveta posečenog u zagonetnim i mračnim šumama Karpata. Odatle ga je, tvrdila je majka, prevezao na volovskim kolima deda Milan, koji je u Kružu gradio crkvene tornjeve.

Koliko god uzbudljivo, saznanje da orman potiče iz Transilvanije, možda čak iz kraja u kome je rođen grof Drakula, nije me ni za pedalj približilo sada već legendarnom komadu nameštaja. Obilazio sam ga, naprotiv, s poštovanjem ili možda samo sa opravdanim podozrenjem. Iako lično nisam nimalo sumnjao da je orman zaista prevalio tako dug put, moram priznati da mi je bilo lakše da ga zamišljam kao džinovsko stablo koje je u sobi odvajkada okamenjeno. Teško sam, uostalom, mogao sebi da predstavim da tako ogroman komad nameštaja može da se prenosi s jednog mesta na drugo.

Da su sumnje u pokretljivost ormana opravdane potvrdila je i majka rekavši da ne može da se seti ni ko je ni kako uneo tako težak predmet u prizemlje trošne kuće na Paliluli. Ogroman i mračan, orman je zaista delovao apsolutno nepomerljivo.

Kada se, otuda, posle više godina majka preselila, pitanje kako da se prenese u pod urastao predmet dobilo je dramatične razmere. Mada niko nije tražio moje mišljenje predložio sam da se jednostavno ostavi u starom stanu. Majka me je ošinula pogledom kao da sam tražio da se orman nacepa i iskoristi za potpalu. Koliko god da sam se pravdao da nisam ništa loše mislio, uvređeno je ćutala dajući nametljivo do znanja da do kraja dana, a možda i duže, neće sa mnom progovoriti ni reč.

Kada je kum, koji je takođe bio uključen u strategiju prenošenja, dobrodušno primetio da ne sme da bude „na kraj srca" i da je, najzad, reč samo o „običnom komadu" nameštaja, majka se i na njega naljutila.

– Nije običan komad nameštaja – rekla je frkćući. – Ako već hoćete da znate to je orman od tvrdog drveta koji je iz zamka u kome je bio zatočen grof Vlado Cepeš, poznatiji kao Drakula, prevezen prvo do sela Dobrice u Banatu, a potom sve do Beograda.

Mada sam zinuo od čuda slušajući kako starom ormanu pridaje dotad nepoznata mitska svojstva, uzdržao sam se da bilo šta kažem. A i zašto bih kada je iz majčinih reči bilo savršeno jasno da ideju o napuštanju tako dragocenog predmeta odbacuje s gnušanjem.

Pogledao sam potišteno drveni obelisk naivno očekujući da će saučestvovati u mukama za koje je bar delimično i sâm odgovoran. Pokazalo se, nažalost, da nameštaj tako otmenog porekla ne podleže lako emocijama. Orman je, naprotiv, dostojanstveno zanemeo kao da je hteo da naglasi kako ne želi da ima išta zajedničko sa svom tom prostačkom gungulom koja seljenje obično prati.

Tonuo sam zbog toga u sve veće neraspoloženje nemajući ni najmanju predstavu kako da se iz neprilike izvučemo. Kao čovek praktičnog duha kum je predložio da pozovemo nosače s Palilulske pijace, koji su, tvrdio je neuverljivo, preseljavali i teže stvari. Dok sam ga odsutno slušao palo mi je na pamet da su za gradnju piramida u starom Egiptu prenošeni preko pustinje džinovski kameni blokovi. Ako su faraoni uspeli da prevuku toliki teret iz daljine, zbog čega mi ne bismo uspeli da prevezemo u novi stan običan drveni orman?

Koliko god ohrabrujuća, analogija je imala i krupan nedostatak jer je previđala da je u starom Egiptu korišćen robovski rad stotine hiljada ljudi. Pošto je bilo jasno da ih na Paliluli u tom broju ne možemo ni izdaleka sakupiti, preostali su nosači s Palilulske pijace kao jedina alternativa.

Došli su puni sebe obećavajući samouvereno kako će orman, ako treba, „preneti u zubima". Kada ni posle ponovljenih pokušaja nisu uspeli da ga maknu, shvatili su da je gromada od tvrdog drveta mnogo više od komada običnog nameštaja. Obilazili su, otuda, oko ormana, povremeno ga čak pljeskali šakama, premeravali sa svih strana i, najzad, ispod oka podozrivo osmatrali. Nadmenost s kojom su prišli teretu ustupila je mesto obazrivosti, ako ne i strepnji. Posle dužeg većanja u kome se, nasuprot ustaljenom običaju, nisu glasno prepirali već jedva čujno dogovarali, odlučili su da još jednom pokušaju. Pošto su orman brižljivo izukrštali užadima od konoplja čvrsto su rukama zgrabili konopce. Ličili su, tako sapeti, na snažnu zapregu koja, topćući nestrpljivo nogama, jedva čeka da pomeri kočije.

Na dati znak svi su u isti mah snažno potegli užad. Drveni obelisk se nije ni pomerio. Nije čak ni zaškripao. Kao da se svi ti veliki napori njega nisu ticali, ostao je na istom mestu, beznadežno ukopan i zloslutno nem.

Nenaviknuti da im se stvari, čak i kada potiču iz Transilvanije, tako bezočno opiru, nosači su ponovo jarosno nasrnuli na orman. Zatim još jednom. Ništa nije vredelo. Komad tvrdog drveta, kako ga je majka s nežnošću opisivala, nikakvim znakom nije nagoveštavao da namerava da se pokrene.

Ne znajući više šta da čine, nosači pozvaše radoznale komšije da im se pridruže. Pošto se ni najstariji žitelji Palilule nisu mogli setiti da je najsnažniji esnaf u kraju ikada zatražio pomoć, odstupanje od običaja moglo se jedino tumačiti obeshrabrenošću u koju su nosači zapali.

Činilo se da pred udruženim naporima ni tako jogunasto parče nameštaja neće odoleti. Tim pre što su se ovoga puta u konopce upregli ne samo nosači s Palilulske pijace već i drugi esnafi predvođeni Mujom kasapinom, za koga se govorilo da udarcem šakom može da ubije vola.

Koliko god snažno zapinjala (na kocki je, najzad, bio prestiž celoga kraja), ni nova zaprega nije imala ništa više uspeha. Orman se, doduše, prvi put oglasio, ali ne poniznim cviljenjem već škripom koja je, kako je uplašeno primetio jedan od nosača, više ličila na „škrgut zuba".

Podlegavši malodušnosti, koja je već uveliko zahvatila esnaf nosača u celini, Muja kasapin je predložio da se, umesto ormana, ponese cela kuća. Njegovu ideju niko nije shvatio kao dobru dosetku. Činilo se, naprotiv, ma koliko takav predlog delovao apsurdno, da je zaista lakše preneti dom u prizemlju nego komad nameštaja u njemu.

Ko zna u šta bi se pretvorio gorak ukus neuspeha koji uvek prati izjalovljene nade da se neko iz gomile nije setio Riste Grka. Bivši mornar je bio čuven po gledanju u šolju i karte, ali još više što je jedini u kraju poznavao jezik ptica i životinja. Po vradžbinama takođe poznata Kristina klela se čak da je lično čula kako, uz kafu, s papagajem iz Gabona razgovara na tri nepoznata jezika.

Imajući sve to u vidu okupljeni narod se svesrdno nadao da će čovek koji je umeo da opšti s pticama znati da izađe na kraj i s ćudljivošću jednog ormana.

Iako se nećkao, Rista Grk je na kraju pred opštim navaljivanjem morao da popusti. Od nosača je, zauzvrat, tražio da „to" odvežu i ostave ga nasamo s njim. Ne samo Kristina već i vradžbinama manje vični građani odmah su uočili da bivši mornar nije tražio da se odveže orman, ili komad nameštaja, ili predmet, odnosno stvar, već „to", nešto, dakle, što ima svojstvo gotovo živog bića.

Mada su (šta im je, uostalom, drugo preostalo) poštovali njegovu volju, kada ni posle čitavog sata nije izašao iz sobe, najradoznaliji Palilulci nisu odoleli iskušenju da provire kroz prozor. Ono što im je odmah palo u oči bio je neobičan položaj bivšeg mornara. Sedeo je tačno naspram ormana kao da se ispoveda ili se poverava, u svakom slučaju kao učesnik nekog sasvim prisnog razgovora. Mada se čuo jedino njegov glas, nije bilo nikakve sumnje da je posredi dijalog jer je Rista, pre nego što bi ponovo uzeo reč, pažljivo slušao šta je orman imao da kaže.

Sudeći prema vremenu koje je proveo u sobi bilo je to prijateljsko, ali ne i lako ubeđivanje. Svi su zbog toga odahnuli kada je neprikosnoveni majstor za gledanje u šolju i karte i poznavalac ptičjeg jezika konačno napustio sobu i nosačima kratko poručio:

– Nosite ga.

Okupljeni građani se u čudu zgledaše. Kada su oni najpreduzimljiviji ponovo obmotali užad oko ormana Rista Grk reče da ona više nisu potrebna.

– Jednostavno iznesite orman napolje.

Poslušavši bivšeg mornara nosači se obazrivo prihvatiše tereta. Ovoga puta su orman podigli bez većih naprezanja i, na opšte iznenađenje, tek uz nešto stenjanja utovarili lako u kolica.

Koliko god ga saletale komšije, čudotvorac grčkog porekla ni tom ni bilo kojom drugom prilikom nije otkrio kako je umilostivio tako tvrdoglavu stvar. Prema jednima, on je ormanu predočio da otmenom komadu nameštaja ne priliči da se nadmeće sa svetinom. Prema drugima je samo dobronamerno primetio da čak i predmetima od tvrdog drveta preti opasnost da se nekretanjem pretvore u kamen.

Bivši mornar nije povlađivao ni jednima ni drugima. Pokazalo se tako da su u pravu treći, koji su tvrdili da on, u stvari, nije ništa ni govorio. Samo je, kleli su se oni, ćutke sedeo čekajući da orman od tvrdog drveta omekša i tako se, prirodnim putem, smilostivi.

Put za Šangaj

Za decu iz Donjeg grada putevi za Kinu počinjali su na Kalemegdanu. Tačnije u podzemnim lagumima i prolazima koji su u stvarnosti jedva dopirali do obala Save i Dunava, ali su se u našoj mašti prostirali mnogo dalje, do obala Žute ili neke druge isto tako velike reke. Nismo, doduše, imali tačnu predstavu ni o Žutoj ni o drugim velikim rekama, ali su njihova imena zgodno zvučala da označe nešto što smo zamišljali kao sâm kraj sveta.

Možda se ne bismo otiskivali tako daleko da nam stara tvrđava nije izgledala isto tako zagonetno i neispitano kao pustinja Gobi, na primer. Odsustvo oznaka i putokaza ne samo da nam nije smetalo već nam je, naprotiv, pružalo priliku da ih sami izmišljamo.

Najviše su nas plašile mračne i memljive ćelije okovane gvozdenim rešetkama. Pera Glavonja se kleo da se iz njih noću čuju krici i vapaji namučenih duša. Mada nam nije bilo sasvim jasno kako duše mogu biti tako glasne, kroz rešetke smo nerado i usred bela dana zavirivali.

Grof Monte Kristo, čije smo avanture pratili u nastavcima, donekle nas je ohrabrio jer je svojim primerom svedočio da se i iz tvrđava s najdebljim zidovima može lako pobeći. Osokoljeni njegovom neustrašivošću i sami smo počeli da zalazimo na mesta koja smo ranije u širokom luku zaobilazili. Maša Jarac se čak toliko osmelio da se ne samo nadnosio nad kladencem Rimskog bunara već je nudio opkladu da će za tri „amerikanca" zakoračiti na klizave i sluzave stepenice čiji se kraj u tami nije video. Da stane na prvu od njih odvratio ga je Neša Kvasac, koji je, tobož uzgred, primetio da su upravo niz te stepenice bacane u ponor nevine žrtve.

Iako saglasni da pad mora imati tragičan kraj, nikako nismo mogli da se složimo da li bunar ima dno ili su nesrećnici propadali kroz otvor na drugoj strani sveta. U dokazivanju da bunar nema dno najglasniji je bio Pera Glavonja, koji je svoja uverenja branio s takvom strašću kao da je kroz otvor lično propao. Pošto smo, posle dreke u kojoj niko nikog nije slušao, zaključili da su razlike nepomirljive, prepustili smo da novčić presudi ko je u pravu.

Nagnuti nad kamenu ogradu naćuljili smo uši pitajući se uzbuđeno da li će se čuti pljusak, ili će, kako je Pera tvrdio, novčić proleteti kroz otvor na „drugoj strani". Iako se, posle dužeg vremena, zaista čulo nešto što je ličilo na slabašan pljusak, Pera Glavonja je odbio da prizna poraz.

To što smo čuli, glasno nas je ubeđivao, bio je samo izraz naše želje, ali ne i stvarnost.

Mada nas nije uverio, uspeo je da nas pokoleba i čak sasvim dotuče pitanjem zbog čega se, ako nije u pravu, za rasipnike govori kako bacaju novac „u bunar bez dna".

Ne uspevši da se složimo, ni posle bacanja novčića, da li se ta izreka odnosi i na Rimski bunar, čvrsto smo odlučili da drugu isto tako veliku zagonetku o tome da li podzemni prolazi vode sve do obala Žute reke do kraja istražimo. Suprotno svom običaju da u svaku novu pustolovinu „srlja kao bez glave", Maša Jarac je razložno predložio da ne krenemo odmah prolazom koji će nas odvesti sve do Šangaja već nekim kraćim, do Buhare, na primer. Neša Kvasac, koji nije bio ništa manje nepromišljen, takođe je sve iznenadio rekavši da za tako dalek put moramo da ojačamo penjući se po zidinama Kalemegdanske tvrđave. Pera Glavonja je odmah stavio do znanja da u vežbanju neće učestvovati jer se on za put u Kinu već odavno priprema čitajući *Politikin zabavnik*. Videći da smo zinuli od čuda, rekao je da redovno prati strip o mudracu Šang Linu, što je, kako je ocenio, sasvim dovoljno. Kada smo, nadvikujući se međusobno, primetili da i mi čitamo stripove o Lotaru i Tarzanu, pa zbog toga ne mislimo da smo išta bliže Africi, Pera Glavonja je prezrivo izjavio da se Lotar i Tarzan ne mogu porediti sa Šangom Linom jer su, u odnosu na njega, obični divljaci.

Mada je, kako iz toga proizlazi, dao prednost duhovnim pripremama, nije, ipak, odoleo da nam se u veranju uza zidove i sâm ne pridruži. Pošto pukotine između cigala nisu bile ravnomerno raspoređene, često smo bili „ni na nebu ni na zemlji". Imali smo sreću da se, padajući niz zidine, ipak dočekamo na noge. Ako ne računamo uboje i modrice, najgore je ipak prošao Pera Glavonja, koji je, pavši na zadnjicu, izgubio vazduh. Mada su mu usta bila razjapljena kao kod najglavatijeg šarana na suvom, nismo razumevali šta hoće da kaže. Kada je najzad došao do daha, nije morao ništa da govori jer smo i bez njega znali da će se, ovoga puta neopozivo, vratiti Šangu Linu i „duhovnim vežbama".

Izubijani i ugruvani s nestrpljenjem smo iščekivali da pentranje po visokim zidovima tvrđave zamenimo istraživanjem prolaza koji su, iako mračni i vlažni, bili ipak vodorovni. Zaključivši, otuda, uprkos protivljenja Maše Jarca, kako smo dovoljno ojačali, odlučili smo da odustanemo od bližih odredišta, Buhare, na primer, i odmah krenemo u Šangaj.

Pošto se neko setio da na tako dalek put ne možemo bez hrane i opreme, izručili smo novac na gomilu. Mada je bilo predloga da za sve pare kupimo sladoled, odlučili smo se, doduše teška srca, da ih ipak potrošimo na baterijsku lampu, dvopek u finom pakovanju i uže od konoplje. Pošto niko nije znao da objasni šta će nam uže Pera Glavonja je ljutito primetio da ćemo o njega obesiti onoga ko je prvi predložio da umesto sladoleda kupimo dvopek.

Odeća za put nam je već zadavala manje brige, jer osim one koju smo svakodnevno nosili druge nismo imali. Jedini izuzetak je bio Maša Jarac, koji je navukao žute pantalone i isto tako žutu majicu. Kao da sve to nije bilo dovoljno, vodenim bojicama je ispod očiju povukao žute pruge.

Kada smo ga začuđeno upitali namerava li možda da postane papagaj, uvređeno je odgovorio da „samo budale" mogu tako nešto da kažu.

– Ako već hoćete da znate, izabrao sam žutu boju da bih što više ličio na Kineza. Zbog čega drugog, dođavola?

Kada je već tako, zatražili smo da predvodi ekspediciju.

– Nije, ipak, svejedno – objasnio je celishodnost takvog predloga Neša Kvasac – u kakvoj će boji Kinezi u Šangaju prvo da nas vide.

Pokazalo se da baterijska lampa, bar onima na začelju kolone, nije bila od velike pomoći. Često smo zbog toga posrtali i padali, optužujući predvodnika da je pogrešio put. Pera Glavonja je čak posumnjao da idemo u Kinu, tvrdeći da smo zalutali u Afriku. Kada smo ga upitali na osnovu čega to tvrdi, bez oklevanja je odgovorio:

– Kako zbog čega? Zar ne primećujete da je sve oko nas crno?

To je bilo svakako istina što još nije značilo da smo na pogrešnom putu. Maša Jarac, koga smo imenovali za vođu istraživačke ekspedicije, imao je za to neoborivi dokaz:

– I u železničkim tunelima je mračno pa niko od putnika ne misli da je u Africi.

Mada smo bili donekle umireni saznanjem da bar nismo promašili ceo kontinent, bilo je sasvim izvesno da se nismo ni primakli Aziji, o

Šangaju i da ne govorimo. Tumarali smo, naprotiv, po mraku, naletali na vlažne zidove pećine ili se među sobom sudarali. Mada je i to bilo dovoljno odvraćajuće, još više nas je mučilo otkriće da naša pustolovina ni po čemu nije ličila na one o kojima smo čitali u stripovima ili gledali na filmu u zagušljivim salama *Takova* i *Topole*. Umesto zelenih prašuma i bistrih voda, šarenih, kričavih papagaja, poglavica sa isto tako raznobojnim perjem, divljih zveri i obnaženih, tamnoputih igračica, okruživalo nas je jedino neprozirno crnilo u kome, uprkos upornom zurenju, nismo videli ne samo nijedno od tih čudesa već ni bilo šta drugo.

Razočarani zbog toga, sve češće smo izražavali nezadovoljstvo prekorevajući vođu ekspedicije da je među mnogim prolazima izabrao jedini koji ne vodi do Kine, čime smo hteli reći da nema pojma kako se do nje stiže.

Braneći se od optužbi, Maša Jarac je rekao da je sasvim normalno što je tajni prolaz mračan.

– Šta ste očekivali? – upitao je izazovno. – Da bude osvetljen kao Terazije?

Pera Glavonja je na to jetko primetio da je, sve dok nije čuo vođu ekspedicije, bio ubeđen da putevi, makar bili i podzemni i tajni, služe da se stigne do cilja a ne da se putnici obogalje.

– A ti se onda vrati – poručio je Maša Jarac, znajući da se Pera sâm, i to bez baterijske lampe, na povratak neće odvažiti.

Da Pera nije jedini koga muče sumnje potvrdio je Neša Kvasac, koji je želeo da zna za koje ćemo vreme stići do Kine.

– To zavisi od vetra. Ako je vetar povoljan i duva u jedra, neće nam trebati više od dva do tri dana.

– Ali mi ne putujemo jedrenjakom – pobuni se Neša Kvasac.

– Utoliko bolje – zaključio je spokojno Maša Jarac. – U tom slučaju bar nećemo zavisiti od vetra.

– Pa ti onda nastavi plovidbu – Pera Glavonja mu požele srećan put.

Prvi put otkako smo krenuli u tim se rečima prepoznao glas otpora. Nije, doduše, baš sve bilo isto kao u *Pobuni na brodu Baunti*, ali u vazduhu se osećao miris prevrata.

Dečaci dadoše za pravo Peri Glavonji. Većina se, drugim rečima, opredelila za povratak kući.

Mada im je Maša Jarac poručio da su seronje, i sâm se u duši radovao što će ponovo ugledati svetlo dana.

– Nemojte posle mene da krivite što smo od puta odustali – tobože se ljutio. – Kada zrelo promislim, vi i niste za Šangaj. Šta će vam on dođavola kada imate Hadžipopovac – zlurado se podsmevao.

Ćutali smo potišteno kao da nas kori učitelj Gorčić, a ne dečak koga smo sami izabrali za vođu ekspedicije.

Da koliko-toliko popravi nepopravivo, Neša Kvasac reče da nije ništa strašno što u prvom pokušaju nismo uspeli.

– Ni Kolumbu nije pošlo za rukom da pronađe kraći put do Indije jer je, umesto do nje, dospeo do Amerike.

Kao da je jedva čekao da ponovo dâ oduška gorčini, Pera Glavonja ispljunu još jednu teško podnosivu istinu:

– Za razliku od nas koji se vrtimo u ovom tesnom dupetu, on je bar otkrio Ameriku.

Kolumbova pogreška nas prema tome nije ni obodrila ni utešila. Vukli smo se, zbog toga, do ulaza u pećinu kao islužene teretne životinje.

Dečacima iz rivalskih bandi koji su nas znatiželjno zapitkivali da li smo otkrili put u Kinu nikada nismo priznali punu istinu. Kad god bi, otuda, izrazili želju da čuju dokle smo stigli, u horu smo odgovarali:

– Skoro do Kineskog zida.

Na podozriva dodatna pitanja otkud znamo da je zid koji smo opipavali kineski, kada se u mraku ne može ništa videti Pera Glavonja je u samo jednoj rečenici otklonio sve sumnje.

– Kineski zid je tako veliki – rekao je glasom koji ne trpi prigovore – da se i u mraku može prepoznati.

Uspon i pad ratnog profitera

Za dlaku sam izbegao sudbinu ratnog profitera. Može se čak reći da me je zla kob mimoišla samo zbog toga što sam na vreme propao. Dođe mi gotovo da kažem kako ne znam u kom se ratu to dogodilo, ali bi to bio samo izraz zlovolje zbog toga što kod nas za života čovek doživi više ratova. Znam, prema tome, o kom je ratu reč. Bio je to Drugi svetski, ali za mene lično prvi po redu. Kako se već po redosledu može naslutiti, podudario se s mojim detinjstvom. Ali, kakve veze imaju tako krupni događaji, kao što su rat i suđenja ratnim profiterima, sa životom jednog dečaka?

Da se to razume, moram da se vratim na početak priče. Otac je bio u zarobljeništvu, te se sav teret prehranjivanja porodice prevalio na majku. Koliko god se trudila, njene vezene bluze imale su lošu prođu, jednostavno zbog toga što su mušterije izdvajale novac tek za najpreče potrebe. Brzo sam uočio da u takve spadaju papir za uvijanje duvana, kremenje za upaljače, žileti, pecivo i, najzad, bugarske cigarete.

Uključio sam se, dakle, u posao. Preprodavci su mi, naravno, kao početniku, davali cigarete najgore vrste, ali sam i tako uspevao da opstanem, jer su očevi prijatelji iz samilosti kupovali kod mene.

Saznavši čime se bavim, majka je pomahnitala od besa. Ne samo da me je, proklinjući zlu sudbinu, propisno istukla, već je zaplenila i uništila ionako skromne zalihe. Nije mi preostalo ništa drugo već da se primirim nekoliko dana, ali od posla nisam odustao. Kako je, s protokom vremena, postajalo sve očitije da nam prodaja cigareta obezbeđuje jedina sredstva za život, tako se i ona sve manje opirala, iako, uistinu, od prekora nikada nije odustala.

Meni su, naprotiv, u srazmeri sa zaradom, rasli i apetiti. Kao i svi trgovci, i sâm sam ubrzo shvatio da su prihodi utoliko veći ukoliko je manje posrednika. To je praktično značilo da treba kupovati na veliko, od proizvođača, ili bar od prvog u nizu preprodavaca. Majka je, tako, nevoljno prihvatila da putuje u Niš, odakle se vraćala s punim koferom bugarskih cigareta. Najtraženije su bile *kardelj* i *arda*, prve u ljubičastim, a druge u narandžastim kutijama. Majka je upravo njih donosila, što je značilo da očevi prijatelji nisu više od mene kupovali zbog sažaljenja, već zbog toga što sam nudio najbolje vrste.

Ne sećam se kako su izgledale novčanice za vreme okupacije, ali znam da sam ih slagao na pozamašnu papirnatu kamaru i da sam u tome, ma koliko me to predstavljalo u lošem svetlu, i te kako uživao. Pošto se u to vreme roditelji nisu bavili psihologijom, a još su manje razmišljali o tome da li se grubim preobraćenjem ozleđuje osetljiva detinja duša, majka me je od srebroljupstva odučila batinama.

Nikako se iz toga ne sme zaključiti kako su one uticale na gubitak samopouzdanja i kasnije poslovne neuspehe. Trgovinski krah, dakle, nisu skrivile batine, već pogrešno uložen novac. Bankrot se, kako ponekad biva, dogodio sasvim neočekivano, u trenutku kad je prodaja cvetala, a sâm nisam znao šta da činim s parama. Šta je, u takvim okolnostima, bilo prirodnije od ulaganja u nove poslove koji će, nadao sam se, doneti još veću zaradu. Prilika za tako nešto je i doslovno iskrsla nasred ulice u liku ne više mlade, ali i dalje lepe i, kako se tada govorilo, „dobro očuvane žene". U to vreme sam već, umesto kutije oko vrata, imao stalnu tezgu na Cvetnom trgu. Ne govorim o tome zbog razmetljivosti. Naglašavam tu činjenicu iz sasvim drugih razloga, kako bih stavio do znanja da sam u takvom statusu već imao dovoljno iskustva, što će reći da u poslovanju nisam bio početnik.

U pomenutom slučaju ponuda se jednostavno nije mogla odbiti jer je žena prodavala sanduk predratne *drine* u prvobitnom pakovanju. Pošto tako nečega nije bilo ni za lek, zaključio sam da mi se pruža jedinstvena poslovna prilika. Skrivajući uzbuđenje, koje me je zbog toga obuzelo, otvorio sam nekoliko kutija s površine sanduka, omirisao zavodljivi miris duvana i, ne kolebajući se previše, otkupio svu količinu. A zašto bih se i premišljao, kada sam te iste cigarete mogao da prodam po dvostruko višoj ceni. Možete samo zamisliti moje razočaranje kada sam već sutradan otkrio kako su cigarete buđave. Mada potpuno nezapažen, moj poslovni krah nije bio ništa manje bolan od onoga koji doživljavaju vlasnici uglednih i moćnih svetskih firmi.

Iako ogorčen na ženu koja mi je prodala neupotrebljivu robu, verovao sam da to nije učinila s namerom, već iz neznanja. Prelistavajući novine, koje su prvih posleratnih godina svakodnevno osvanjivale s imenima „ratnih profitera", dugujem joj čak zahvalnost jer sam, kako sam već na početku priče primetio, pogrešno uloživši novac, na vreme propao.

Bogohulna priča

Da mi jedna svetica od koje se očekuje milost i zaštita može prirediti batine, i to kakve, ni u snu se nisam nadao. Da me uveri kako je i to moguće postarala se moja krsna slava Sveta Paraskeva, od koje sam, tako uprepodobljene, to najmanje očekivao.

Sve do tih batina, istini za volju, nije mi ništa loše učinila. Nije, doduše, za to ni imala razloga jer sam redovno dolivao ulje u kandilo koje je ispod ikone visilo. I ikona i kandilo bili su okačeni na zid tačno iznad postelje. Skrećem pažnju na te koordinate jer će one biti od značaja za tok priče i shodno tome i za batine koje sam, ni kriv ni dužan, zaradio.

Ponavljam, već po ko zna koji put, da me je svetica, koju smo čas zvali Petka a čas Paraskeva, iznenadila. Ko bi se tome nadao od tako smerne, sićušne žene, koju je živopisac naslikao kako se pobožno moli usred pustinje?

Batine sam, ipak, zbog nje dobio. Dogodilo se to ovako: dok je majka u dvorištu pila kafu s komšinicama, uvukao sam se u sobu s Perom Glavonjom i Mikicom. Namera nam je bila da se igramo žmurke, skrivajući se ispod kreveta ili čak u ormanu, ali nismo zazirali ni od drugih, manje prigodnih mesta. Kada danas mislim o tome siguran sam da nas je na pogrešan put naveo sâm Nečastivi. Nije, otuda, čudo što se bezazlena igra završila skakanjem po krevetu. Samo po sebi to i ne bi bilo tako strašno da Mikica nije glavom zakačio kandilo. Ulje se razlilo po pokrivaču i navlakama za jastuke (čijom se belinom majka ponosila) stvarajući mala masna jezerca. Iako namenjeno miropomazanju, čak i tako je svetiteljsko ulje ostavilo neizbrisive tragove.

Zaključivši da je šteta nepopravljiva, Pera Glavonja i Mikica su šmugnuli kućama. Ostavljen sam tako da se sa „strašnim sudom" sâm suočim. Ne sasvim sâm, doduše, jer je uz mene bila svetiteljka. Nadao sam se da će me, mada grešnog, uzeti u zaštitu i spasti od opravdanog gneva.

Bio sam zbog toga, kad je majka ušla u sobu, uznemiren ali ne i previše uplašen. Čega sam, uostalom, imao da se bojim kada je Sveta Petka uz mene.

Ugledavši masne mrlje na krevetu majka je još s vrata povikala:

– Šta je ovo?

Umesto da priznam krivicu ili da jednostavno opišem šta se dogodilo, možda zamolim za oproštaj zbog prosutog ulja, za nešto, dakle, što se pre moglo nazvati nesrećnim slučajem nego namerom, odlučio sam da se pravim nevešt.

– Koje ovo? – upitao sam s glupim izrazom lica, kao da su mrlje koje su se mogle videti s kilometra daljine za mene nevidljive.

Za majku je to već bilo previše. Opalila mi je takvu šamarčinu da su od odsjaja zvezda koje su mi se u glavi rasprskivale barice ulja na krevetu takođe počele da svetlucaju. Ne čekavši da se povratim od ćuške, zgrabila me je za vrat i, onako ošamućenog, gurnula u masni brlog.

– Da li možda sada znaš? – vikala je izbezumljeno potapajući mi nos u zejtinjavu tečnost.

Da li je uopšte potrebno reći koliko sam zbog toga bio ponižen. Pošto sam dan pre toga u školskoj ambulanti bio prisiljen da nadušak ispijem do vrha napunjenu supenu kašiku ribljeg ulja, sada sam uljem, doduše svetim, iz kandila, bio i spolja premazan.

Smatrajući da ni najveći grešnici ne zaslužuju takvu kaznu, doživeo sam je kao veliku nepravdu, utoliko više što, pravo govoreći, za prosuto ulje nisam osećao ličnu odgovornost. Ako je i bilo neke moje krivice, pravdao sam sebe, ona je mogla biti jedino posredna.

Mada mi je nepravda teško padala, još više me je bolelo što me svetiteljka nije zaštitila. Nije, uistinu, ni prstom makla. Neću se stoga ogrešiti ni o Svetu Petku ni o istinu ako kažem da je, šćućurena u ramu, prema mojim mukama bila ravnodušna.

Kako je samo mogla da ćuti, pitao sam se potišteno. Zar nije njena dužnost da štiti nevine i pomaže uboge i nesrećne? Kako je, najzad, moguće da ne saoseća s mučenicima kada je i sama bila iskušavana i na muke stavljana?

Pitanja su se rojila jedna za drugim što je moglo samo da znači da je velika nepravda posejala sumnju ne samo u zaštitničku ulogu Svete Paraskeve već i u učenje da će oni koji čvrsto veruju biti spaseni.

Majka se prema mojim sumnjama u spasilačko-isceliteljsku prirodu verovanja odnosila sa uvredljivom pragmatičnošću.

– Kakve veze ima prosuto ulje – pitala je neumoljivo – sa Svetom Petkom ili bilo kojom drugom svetiteljkom?

Odgovorio sam da je ulje za kandilo visilo tačno ispod njene ikone, te je na neki način bilo pod njenom jurisdikcijom. Ni sâm ne znam odakle mi je ispala ta poslednja reč, ali sam na nju bio vrlo ponosan.

– Ne trabunjaj – odbrusila je ponovo majka, srozavajući u prašinu moju tek stasalu metafizičku upitanost.

Nije me, ipak, odvratila od razmišljanja o ponašanju Svete Paraskeve koja je, kako sam već rekao, ipak bila svedok mojih stradanja. Želeći da njenu ulogu nepristrasno procenim pročitao sam ne samo njena već i žitija drugih svetaca. Palo mi je odmah u oči da su svi odreda bili izloženi iskušenjima, a neki od njih čak i bogohulnim sumnjama.

Mada mi je laskalo što sam, imajući u vidu pretrpljene batine, i sâm pripadao redu mučenika, neki unutrašnji glas, možda glas Nečastivog, podsticao je nove sumnje, ovoga puta o tome nije li – guranjem nosa u prosuto ulje – Svevišnji prekoračio svoja ovlašćenja.

Znao sam zbog toga da će, iako je uprljani pokrivač na krevetu zamenjen novim a neprijatnost s prosutim uljem manje-više zaboravljena, započeti dijalog sa Svetom Petkom ili nekom drugom svetiteljkom nadležnom za metafizička raspinjanja još dugo trajati.

Svako veče sam se pripremao za njega isto tako marljivo kao za školsku nastavu. Ležeći na krevetu tačno ispod ikone obično sam ja bio taj koji je započinjao razgovor. Pokretao sam najčešće večne teme o krivici i kazni, o iskušavanju i ogrešenju, o ispaštanju i iskupljenju, o svim onim nedoumicama, dakle, o kojima se, isto tako dugo i neuspešno, raspravlja na vaseljenskim saborima.

Sveta Paraskeva, poznatija u narodu kao Sveta Petka, nije ništa govorila ali je pažljivo slušala. Zaključio sam to po tome što je povremeno začuđeno žmirkala kao da razmišlja šta bi bilo najcelishodnije da kaže.

Mikica i Pera kojima sam se, kao sukrivcima za prosipanje ulja iz kandila, povremeno poveravao, rekli su, bez imalo ustezanja, da sam „potpuno sišao sa uma“.

– Ko je ikada naišao na sliku koja govori, makar ta slika bila i ikona – pitao je zajedljivo Mikica.

– Nisam rekao da govori – pobunio sam se zbog pogrešnog tumačenja. – Rekao sam samo da učestvuje u razgovoru.

– To mu dođe na isto – umešao se Pera Glavonja. – To što se tebi učinilo kao žmirkanje bilo je samo lelujanje plamička na kandilu.

Uzalud sam ih uveravao kako se sa svetiteljkom zaista sašaptavam svako veče. Kako, uostalom, u to mogu poverovati oni koji nisu čuli da se misli mogu takođe nemo saopštavati, prenositi i čak upijati.

Ne mogu se, naravno, setiti svega što sam u dugim noćnim časovima od svetiteljke naučio, ali sam jednu poruku dobro zapamtio:

– Nikada se neće naučiti smernosti oni koji sami nisu trpeli.

Prihvatio sam tu poruku kao otkrovenje za koje je jemčila sama ikona. Zar bi, uostalom, da nije tako, posle tako dugog isposništva u pustinji, i dalje mislila da se i najveće patnje pre mogu izraziti ćutanjem nego rečima.

Traktat o sreći

Kada samo pomislim koliko ljudi uzalud razgrće pramenove metafizičke magle pitajući se šta je to sreća. Ne znajući ni sâm pouzdan odgovor, pamtim, ipak, da sam u detinjstvu o tome imao sasvim određenu predstavu. To je utoliko čudnije što godine o kojima govorim nisu bile naklonjene takvim saznanjima. Kasnije, u miru, ljudi su s više upornosti tražili smisao bitisanja, ali su, dok je rat trajao, mislili samo o tome kako da prežive.

U leto 1944. godine, drugim rečima, bilo je mnogo prečih stvari od mudrovanja o sreći. Majka i ja smo, na primer, lupali glavu o tome kako da – neopaženo od folksdojčera – unesemo hranu u Beograd. Briga je bila utoliko veća što smo od seoskih domaćina iskamčili više nego što smo očekivali. Ko se, uostalom, mogao nadati da ćemo za nekoliko starih i od mnogih pranja izbledelih bluza koje je, zbog njihove trošnosti, majka, ne dišući, širila kao paučinu, dobiti komad slanine i vreću brašna. Bluze su, doduše, mirisale na lavandu i, s vezenom belom kragnom delovale gospodstveno, ali se sa slaninom – prošaranom mesom – ni u snu nisu mogle porediti.

Mada se prašnjavi seoski put nije činio dostojnim tako dragocenog tovara, do skele na Dunavu boljeg nije bilo. Pognut pod teretom gazio sam ćutke po finom belom prahu koji se pod stopalima klobučio i rasprskavao. S vremena na vreme podigao bih glavu da utvrdim da li smo se makar malo približili crkvenom tornju, koji je u ravnici ne samo putokaz već i jedinica mere za prostor.

U leto 1944. godine pomenuti toranj je ispoljio i neka druga, dotad nepoznata mađioničarska svojstva. Činilo se da se, što mu se više približavamo, sve više udaljava. Svest da tako nešto nije moguće nije nas, nažalost, nimalo približila cilju.

– Prokleti toranj – mrmljao sam, obnevideo od znoja, dok mi je podnevno sunce rilo po temenu.

Majka me je zabrinuto posmatrala. I sama zasopljena daha, s naporom je skinula ranac s leđa. Izvadivši čuturicu s mlakom, ustajalom vodom, natopila je maramicu i vezala mi je oko čela.

– Nemaš valjda sunčanicu?

Potvrdio sam klimnuvši glavom. Nisam, uistinu, pojma imao o tome kako treba da se ponaša neko kome je sunce udarilo u glavu, ali prijalo mi je da se šepurim s belom trakom na čelu. Majka je sela na busen požutele trave i tiho zaplakala.

– Zar je i to moralo da me snađe?

Strgao sam postiđeno maramicu s čela.

– Nije mi ništa.

Postojasmo još neko vreme uplakani i zagrljeni.

Majka mi istom maramicom obrisa suze koje sam prašnjavim prstima razmazivao po obrazima. Uz mnogo dahtanja i huktanja pomože mi da uprtim ranac na leđa. Teret užirene slanine povi me prema zemlji. Pošto je i sebi namaknula remenje, ponovo krenusmo. S vremena na vreme sam podizao glavu i sumnjičavo odmeravao rastojanje do tornja. Nije se smanjivalo.

Nismo više imali snage da brišemo znoj koji se na licu, pomešan s prašinom, pretvarao u reljefnu skramu.

– Ispred crkve ćemo skrenuti prema Dunavu – bodrila me je da „samo još malo izdržim".

Više nisam razaznavao ni put kojim koračam. Pred očima mi je bio jedino toranj koji je na pripeci – neprestano na istom odstojanju – bio okružen oreolom magličastih isparenja.

Šljapkali smo ćutke po prašini. Stanje umora zamenila je neka vrsta obamrlosti, potpune utrnulosti čula, u kojoj se hod održavao još jedino mehaničkim podražavanjem prethodnih koraka.

Da je bar bilo nekog hlada. Ali svud unaokolo prostirala su se jedino polja s kržljavim, od sunca sprženim kukuruzom. Senovite krošnje su nedostajale ne samo kao zaštita od sunca već i kao putokaz koji bi – podelom na deonice – učinio lakšim kretanje do cilja. Shvatio sam to posle izvesnog broja godina kada sam u časopisu *Nešenel džiografik* pročitao ispovest poznatog istraživača. Prema njegovim rečima, on se s dalekog puta vratio živ samo zahvaljujući tome što je svesno zaboravio na krajnje odredište. Recept za preživljavanje je, dakle, bio jednostavan: važno je da se pređe samo jedna deonica, potom sledeća i tako redom, ne gledajući daleko napred i ne misleći na kraj puta.

Isprobao sam, kasnije, ovaj razboriti savet penjući se na visoke planine. To znači da nikada iz podnožja nisam gledao na vrh, već samo u prvi sledeći beleg. Pokazalo se da čovek, koliko god da je umoran i iscrpljen, uvek ima snage za tih nekoliko koraka. Potom, opet, za još nekoliko do novog, uvek malog i dostižnog cilja.

Ali u leto 1944. godine nisam znao ni za časopis *Nešenel džiografik,* ni za savete iskusnog istraživača, da i ne govorimo o pojmu relativnosti, otelovljenom makar u deonicama za pešačenje.

Hoću time da kažem kako se panonski toranj javljao isključivo kao apsolutni cilj, u potpunom skladu sa isto tako kategoričnim imperativom da hranu prenesemo do Beograda. Morali smo, drugim rečima, da stignemo do crkve, bez obzira na to da li se njen toranj približava ili udaljava. Bilo bi, naravno, bolje da se nije pomicao, ali to već nije od nas zavisilo.

Svest o neminovnosti nije nam, nažalost, učinila cilj bližim niti teret snošljivijim. Monotonija panonske ravnice nas je, naprotiv, sve više umrtvljivala. Oblak prašine koji se približavao dočekali smo, otuda, kao neugodan ali dobrodošao poremećaj ustaljenog reda stvari, što će reći kao nagoveštaj kakve-takve promene.

Čusmo, ubrzo, brujanje motora. S prikolicom obojenom u zeleno ličio je na žabu koja je usput, iz nepoznatih razloga, izgubila jednu nogu.

Nismo se čestito ni sabrali, a folksdojčeri su već rovarili po rancima.

– Šverceri – urlao je, trpajući slaninu u vojnički ranac, najstariji među njima, s vodnjikavim očima i gojaznim, mlohavim obrazima.

– Hrana je za nas, ne za prodaju – zapomagala je majka.

– Budite srećni što vas ne hapsimo – odbrusio je folksdojčer, paleći motor.

Molbe, preklinjanja, plač, ništa nije pomagalo.

Folksdojčer pritisnu do kraja papučicu za gas. Kada se prašina razišla, ugledao sam majku kako plače. Ja sam, naprotiv, oslobođen ranca, osetio veliko olakšanje.

Prvi put otkako smo krenuli iz sela, sapeti i pritisnuti teretom, video sam – uspravljen – ceo horizont. Umesto prašine pod nogama, preda mnom se razastirao raznobojni tepih čija je žuta, kukuruzna potka bila prošarana zakrpama utrine s rascvetalim, kao krv crvenim bulkama. Ni usijani nebeski poklopac, s koga se cedila jara, nije bio podjednako premazan. Bleštavo bezbojan u zenitu, po rubovima je poprimao zagasitije tonove.

Ni toranj se, za divno čudo, nije više udaljavao. Sa svakim novim korakom sam uočavao nove pojedinosti na gipsanoj pređi, sat s brojčanikom, čak i golubove na džinovskim kazaljkama. Dospesmo, tako, do crkve, odakle je put skretao prema Dunavu, za tili čas, maltene neosetno.

Ne mogavši da prežali otetu hranu, majka je sve do Beograda cmizdrila, ali sam ja, pazeći da ne primeti, bio na sedmom nebu. Kako i ne bih kad sam otkrio da u životu nema veće sreće od pešačenja bez ranca na leđima.

Hedonista

U to vreme, siguran sam, niko u našem razredu, a verovatno ni u celoj školi nije znao za značenje pojma hedonista. Uprkos žalosnoj neobaveštenosti, koja je svakako svedočila i o našem nedovoljnom obrazovanju, jednog takvog imali smo među sobom. Nismo to, naravno, znali jer, kako je već rečeno, nismo imali ni najmanju predstavu o tome čime se jedan „hedonista" razlikuje od drugih, takozvanih običnih ljudi. To je, naravno, šteta jer smo na živom uzorku imali priliku da se upoznamo s verodostojnim primerkom posebnog soja koji, prema enciklopedijskom opisu, „veruje da je čulno uživanje i zadovoljstvo najviše dobro i, prema tome, pobuda i svrha, motiv i cilj celokupnog našeg delanja".

Čak i da smo tada znali za pomenutu odrednicu, ne bismo od nje imali koristi, jer je hedonista o kome je u ovoj priči reč više ličio na isposnika i pustinjaka nego na biće koje „u čulnim uživanjima i zadovoljstvima" traži najveće dobro. Naš razredni hedonista je, drugim rečima, bio izrazito mršav. Više od toga, žućkaste kože zategnute preko kostiju, bio je slika i prilika prvih hrišćanskih mučenika. Kosa mu je, takođe, mimo običaja tih godina, bila toliko duga da mu je padala na ramena. Mogao se, da je bio zaogrnut apostolskom odorom, sasvim lako zamisliti u društvu s Hristom na *Tajnoj večeri*. Nismo ga, ipak, doživljavali kao sveca jer isposničku figuru nije prekrivao togom, već se uvlačio, bolje reći uskakao je, u široko, dva broja veće pohabano crno odelo. Rukavi su mu, zbog toga, landarali oko mršavih ruku, a preduge nogavice srozavale se oko članaka kao da su smaknute, a ne navučene. U tom odelu, koje nikada nije svlačio, kao da je sraslo s njim, preobražavao se u grotesknu lutku, u strašilo, koje se od onih na njivama razlikovalo jedino po tome što je bilo živo.

Ne samo da svojim izgledom i odevanjem nimalo nije upućivao na ličnost koja „u čulnim radostima nalazi najviši smisao" već je od tako zamišljene slike odudarao i svojim prezimenom koje je – glasno izgovoreno – više pristajalo komadu sveže odranog mesa, ili nazivu nekog čudnog, zagonetnog mesta u Srednjoj Aziji. Kad god bi, zbog toga, profesor matematike prozivao Talabu, zastajući i sâm u jedva prikrivenoj nedoumici, svi đaci u razredu okretali su se prema vlasniku neobičnog prezimena, kao da će, umesto štrkljastog dečaka, iz klupe izroniti doseljenik iz Avganistana. Da sve bude još neobičnije, Talaba se od drugih đaka razlikovao i ponašanjem i, najzad, interesovanjem za filozofiju, koju njegovi drugovi u razredu ne samo da nisu razumevali već nisu mogli ni da zamisle da se „iko normalan" njome bavi. Dok je većina učenika, otuda, ispod klupe čitala stripove ili njima sličnu „literaturu", on je, takođe krišom, zaranjao glavu u Šopenhauera.

Profesori su, naravno, uživali da prozivaju upravo one koji su bili zaneti čitanjem, tako da bi, osim prozvanog, redovno „naslepo" skakalo još nekoliko „na delu" zatečenih đaka. Talaba je bio i smeteniji i zbunjeniji od svojih vršnjaka, možda i zbog toga što mu je trebalo više vremena da se sabere i pređe dug put od Šopenhauera do tučaka i cvetnjaka ili neke druge lekcije iz botanike. Dok je uznemireno žmirkao, nastojeći da obnovi pokidane prostorne i vremenske niti, ličio je na miša uhvaćenog u krađi sira. Ma koliko bio smešan, nismo mu se rugali, niti smo ga omalovažavali. Profesori takođe nisu bili načisto kako da se odnose prema đaku koji se od svojih vršnjaka toliko razlikovao. Nisu mogli da kažu kako loše uči, ali, opet, ni da se bilo čime ističe. Školske obaveze je ispunjavao, ali se po svemu videlo da mu do njih nije mnogo stalo. Talaba je, drugim rečima, prerastao druge đake, a možda i profesore, tako da su ga i jedni i drugi ostavljali na miru, ili se njime bavili tek koliko je bilo neophodno. Nije se, ipak, moglo govoriti o dva međusobno suprotstavljena tabora: u jednom on, u drugom svi ostali. Pre bi se moglo reći da su bili u stanju nenapadanja, odnosno da su uporedo postojali, svaki u svom autonomnom svetu.

Ako je, prema tome, jasno da su ta dva sveta bila različita, nije sasvim jasno zbog čega se dečak za koga se, ni po izgledu ni po ponašanju nije moglo reći da je uživao u čulnim radostima, svrstava u hedoniste? Da nije posredi greška ili zabluda, ili možda nesporazum, jer neuhranjeni, kako je profesorka geografije govorila „sama kost i koža", đak nikako nije pristajao slici raspusnika.

Iako su sve ove nedoumice imale čvrsto uporište, za njihov raspad bio je dovoljan samo jedan dan. Tačnije: svaki prvi u mesecu. Na adresu Talabe je toga dana redovno stizala poštanska uputnica s novcem, koji nije bio dovoljan da bilo šta bitno izmeni, na primer da, umesto iznošenog crnog kupi novo odelo, ali bio je više nego dovoljan da otkrije njegovu pravu prirodu i neopozivo ga ustoliči na sâm vrh hedonističke ili, ako vam se tako više sviđa, epikurejske piramide.

Praćen čoporom dece, Talaba je, odmah po prijemu uputnice, svakog prvog u mesecu kako je već rečeno, odlazio najpre po novac u poštu, a od nje pravo u obližnju bakalnicu. U njoj je kupovao uvek jedno te isto: najveću tablu čokolade koja bi se zadesila u radnji i, isto tako, pozamašnu flašu rakije. Tako opremljen, odlazio je u skriveniji deo školskog dvorišta, gde bi na klupi, oslonjen leđima na zid, rasporedio nabavljeno. Za trenutak bi se kolebao da li da prvo pojede čokoladu, a potom ispije rakiju, ili obrnuto. Kada bi se odlučio, prilazio je tom poslu metodično, sve dok u slast ne bi slistio i jedno i drugo.

Mada se obred ponavljao svakog prvog u mesecu, đaci su u njemu uživali kao da ga vide prvi put. Da su, makar podsvesno, naslućivali da prisustvuju posebnom činu, možda čak i ritualnom preobraćenju pustinjaka, ako ne baš u sveca a ono u hedonistu, svedočilo je, za njih neuobičajeno odsustvo bilo kakve podrugljivosti. Da se suočavaju sa svetom pojavom jemčio je, uostalom, i sâm preobraćenik, koji je, položivši – kao Buda – obe šake na stomak, doduše ne toliko zaobljen kao kod božanstva, ali makar privremeno popunjenim, dokazivao da se do nirvane može doći višegodišnjim napornim vežbama i strogim obuzdavanjem, ali takođe i tablom čokolade i flašom rakije.

Klaustrofobija i kako je steći

Nikada neću razumeti zbog čega su filmovi koje smo najradije gledali prikazivani u bioskopima s malim brojem sedišta, u tesnim i zagušljivim salama. To pitanje nas je mučilo ne zbog toga što smo bili razmaženi i izbirljivi već zbog toga što smo, čekajući u redu za ulaznice, strepeli da ćemo biti ugušeni, zgnječeni ili, možda, pod nogama zdrobljeni. Koliko god se, ipak, činilo nepriličnim da dečaci razmišljaju o kraju života, o nečemu, dakle, što više pristaje starijim ljudima, u uskim prolazima bioskopa *Takovo* i *Topola* egzistencijalne nedoumice nikako se nisu mogle izbeći.

Šta smo, doađavola, u njima tražili, pitaćete s razlogom jer su pomenuti bioskopi bili na Terazijama, što je značilo da smo – od našeg rezervata na Hadžipopovcu do centra grada – prolazili kroz više „neprijateljskih" teritorija. U svima su nas, da li je to uopšte potrebno reći, čekale protivničke bande koje nisu bile ništa manje krvoločne od onih na filmskom platnu.

Zbog čega smo se tada izlagali opasnosti da nas na putu do Terazija prvo istuku a potom u redu za ulaznice izgaze i uguše? Samo zbog jednog, ali ozbiljnog razloga. *Takovo* i *Topola* bila su jedina dva bioskopa u Beogradu u kojima su redovno prikazivani „kaubojski" filmovi, tek godinama kasnije predstavljani kao „vesterni". Da se upoznamo s „Divljim zapadom" upuštali smo se u istu pustolovinu kao i prvi doseljenici u Americi, koji su volovskim kolima i na konjima prelazili put od jedne do druge obale.

Za razliku od neustrašivih i oružju vičnih „pionira" koji su divljim Indijancima uspešno odolevali, od nas su sve okolne bande bile kudikamo jače, što znači da su „ubijale boga u nama" kad god bismo prolazili kroz njihov deo grada, što smo morali da činimo dva puta: jednom na putu do bioskopa na Terazijama i drugi put na povratku u rezervat na Hadžipopovcu.

Sve te žrtve smo, ipak, podnosili samo da bismo videli kako Komanči ili Apači jure na konjima neke druge nama srodne sapatnike.

Iako smo, kako je već rečeno, jedino čeznuli da uđemo u bioskop, a ne u kalendar ionako prenaseljen svecima, jasnoća cilja i spremnost da za njegovo ostvarenje podnesemo najveće muke činila je našu misiju isto tako uzvišenom kao one prvih hrišćanskih mučenika.

Nas, doduše, nisu prikivali na krst već uza zid što je pretilo istim kobnim ishodom kome se, za razliku od prvih hrišćanskih mučenika, nismo prepuštali ni spokojno ni bez straha. Nimalo čudno, uostalom, jer su oni bili sigurni u vaskrsenje ili u večni život, u svakom slučaju u izbavljenje, dok smo se mi, čak i kada bismo iz reda izvukli žive glave, mogli nadati jedino batinama. Naše čistilište se, drugim rečima, protezalo od Terazija do Hadžipovca s većim izgledima da ćemo, prošavši dva puta kroz njega, završiti u paklu a ne u raju.

Čekali smo, ipak, kako je već rečeno, stoički u redu, tešeći se, umesto blaženstvom i večnim životom, ulaznicama za popodnevnu predstavu. Kao ni druge iskušenike, ni nas đavo nije ostavljao na miru, stavljajući nas lukavo na probu i dovodeći nas u mučna iskušenja. Šaputao nam je na uvo da se možemo spasti tako što ćemo, zapomažući, tražiti da izađemo iz reda. Satana, naravno, nije to morao dva puta da kaže. Na njegov nagovor toliko smo vrištali da se čak i poslovično neosetljiv red, pitajući se „koji nam je đavo", otvarao da nas propusti.

Iz reda nismo izlazili samo po nagovoru „paklenih sila". Napuštali smo ga takođe zbog straha da ćemo u njemu, kao insekti, biti zgaženi i smrvljeni. To se obično dešavalo kada smo, umesto da se pod pritiskom gomile, povijamo u smeru njenog talasanja, pokušavali – u panici – da se, protivno glavnom toku, probijemo kroz nju. Takvi samoubilački poduhvati nisu nam dolazili glave jedino zahvaljujući čudu koje je u tesnom bioskopskom prolazu bilo otelovljeno u džinovskom Samarićaninu. Dobroćudni orijaš nas je na rukama, uzdignutim visoko iznad glave, nosio kao perca do blagajne i na isti način iz reda izvlačio napolje.

Mada u to vreme nismo znali značenje pojma klaustrofobije, izvlačenje iz zagušljivog, teskobnog prostora u kome su se znojava i zadihana tela slepljivala u samo jednu obnevidelu i pomahnitalu zver doživljavali smo kao vaskrsenje, ravno onome koje je očekivalo Isusa po skidanju s krsta. Da smo bili božji miljenici, što će reći predmet njegove posebne pažnje i milosti, svedočile su i karte za popodnevnu predstavu koje smo čvrsto stiskali u šaci kao da u njoj držimo grumen zlata a ne parče papira.

Iako se gužva nije smanjivala ni pošto bi blagajnica okačila na pro-zorče natpis „rasprodato", do ulaza se nekako, ipak, moglo doći. Tek u sali na svojim sedištima tik uz platno, u koje smo gledali zavaljeni na leđa, maltene vertikalno, davali smo oduška sreći koja je, uprkos varvarskom dovikivanju, imala plemenite pobude. Kada bi se svetla konačno ugasila i sala utonula u mrak, s takvom zanetošću smo delili sudbine filmskih junaka da nismo bili sasvim sigurni da li smo sa ove ili sa one strane platna. Upijanje do kraja, bez ostatka, uzbudljivih istorija odmetnika i pustolova, neustrašivih istraživača ili neumoljivih šerifa, proizvodilo je u sali, zavisno od vrste priča, saosećajne uzdisa-je ili tutnjavu ogorčenja, koja se po buci mogla porediti jedino s ga-lopom celokupne federalne konjice u poteri za kradljivcima stoke ili Indijancima.

Mesta u prvom redu nudila su izvesne prednosti jer nije bilo ni-koga ispred vas da se u odsudnom trenutku podigne i leđima zakloni platno, ali su isto tako imala i primetne nedostatke. Pošto su nam strele crvenokožaca i doslovno promicale ispred nosa, jedva smo odolevali iskušenju da pomognemo opkoljenom karavanu mormona, od čega nas je jedino odvraćalo neprestano svlačenje s bine od nas još ratobor-nijih dečaka. Najčešće smo to činili tako što smo ih, dok su se grčevito ritali, cimali za pantalone što je, naravno, ometalo gledaoce iza nas, koji se nisu ustezali da svoje negodovanje bučno izraze zasipajući nas ne samo psovkama već i svim drugim što im je bilo pri ruci. Teško je zbog toga reći da li je veći metež vladao u sali ili na platnu što je, kako bi rekli kritičari, filmskoj priči davalo posebnu „uverljivost". Bez ob-zira na to, dakle, jesmo li cmizdrili ili se smejali, zavisno od toga je li bila tužna ili vesela, ili smo, zadovoljni ishodom opasne pustolovine, ushićeno pljeskali ili nepodnošljivo glasno zviždali – redovno smo se u nju potpuno uživljavali.

Toliko čak da smo i kada bi se svetlo ponovo upalilo imali teškoća da se vratimo u stvarnost. Ostajali smo zbog toga dugo u sedištima, kao omađijani, sve dok nas redari ne bi najurili. Ni to nije bilo dovo-ljno da sasvim dođemo sebi što se jasno videlo ne samo po tome kako smo koračali po izlasku iz sale već i kako smo govorili, čak i pljuckali. Njihali smo se u kukovima i, podražavajući Džona Vejna, nehajno se gegali. Naše uživljavanje u tek odgledane filmske uloge time se nije iscrpljivalo, jer su čak i najbrbljiviji među nama, držeći slamčicu među usnama, koristili samo jednosložne reči, a svi odreda smo, što nam je najlakše padalo, neumorno pljuckali.

Da je sva ta veštački nakalemljena sličnost s junacima s platna isto tako trošna kao i filmska kulisa pokazivalo se već na prvim koracima po „neprijateljskoj teritoriji". Dotadašnja razmetljiva ležernost bi nestajala kao rukom odnesena čim bismo spazili da nam se približavaju jača i krvožednija plemena. Bežali smo, drugim rečima, kao bez duše, zaboravljajući i na otmenost i na Džona Vejna.

Borbeno ili, ako vam se tako više sviđa, klaustrofobično iskustvo ipak nije bilo bez vajde. Poslužilo nam je kasnije na sportskim igralištima, ali i na drugim mestima gde je postojala opasnost da u redu za karte ili u navijačkom zanosu budemo pregaženi. Pravilo naučeno u tesnim prolazima bioskopa *Takovo* i *Topola* na stadionima se primenjivalo asimetrično, što je značilo da se nismo povijali prema masi koja se u talasima survavala nadole, već nasuprot njoj bežeći stepenicama naviše.

Probijali smo se, drugim rečima, kao na moru kroz krestu talasa izbegavajući na taj način gomilu da nas povuče sa sobom.

Mada smo, kako iz toga proizlazi, naučili da se borimo protiv sticajem prilika stečene klaustrofobije, nikada je se nismo u potpunosti oslobodili. Čak i kada sanjam ili samo sanjarim kako bih pobegao iz zatvora, na pamet mi ne pada da to činim roveći kao pacov kroz zemlju. Kada bih, dakle, morao da se spasavam, ne bih to činio kopajući tunele. Ne, to nikako! Kako onda? Preskakanjem, sečenjem žice, lebdenjem, letenjem, na podignutim rukama ili raširenim krilima.

Zbog toga se ni za vreme bombardovanja nisam skrivao u podrumu. Ne možete, najzad, ni zamisliti koliko je lepo osećanje da ćete, umesto pod zemljom, biti razneti napolju, u slobodnom prostoru.

Servis od kristala

Majka je u staklenoj vitrini, tačno naspram ulaza u sobu, čuvala servis od kristala. Ko zna koliko je dugo tu stajao jer se ona sama nije sećala ni kada ga je kupila ni koliko ga je platila. Servis je zbog toga sve više ličio na muzejski eksponat a da niko nije bio u stanju da odgovori čime je tu čast zaslužio. Pomisao da se tu našao zbog velike vrednosti mora se odbaciti jednostavno zbog toga što takva vrsta servisa nije bila preterano skupa. Teško se, takođe, može reći da se izdvajao umetničkom izradom ili bilo čime drugim što je posebno padalo u oči. Imao je, ipak, nedodirljiv status jer ga majka, sem da obriše prašinu, iz vitrine nikada nije izvlačila.

Servis od kristala, istini za volju, nije bio jedini povlašćen. Društvo su mu pravili drugi predmeti za koje se isto tako može reći da ni po čemu nisu bili izuzetni. Kraj servisa su tako stajale šoljice za kafu s nacrtanim zmajevima i drugim kineskim motivima. Keramička vaza, najverovatnije iz Tunisa, šepurila se na gornjoj polici. Na istoj polici je imala mesto i pepeljara na kojoj je pisalo *Uspomena iz Vrnjačke banje*. Sedefasta kutija ukrašena školjkama predstavljala je opet uspomenu s mora. U vitrini je bio i ram od orahovog drveta, začudo bez slike u njemu, zatim još jedna vaza od keramike neutvrđenog porekla, posuda za bombone od engleskog sterlinga, muštikla od ćilibara, stari čajnik i, najzad, venčić koji je, mada ispleten od veštačkog cveća, sačuvao ljupkost nevinosti.

Kako se iz te svakako nepotpune liste može videti ona je sadržavala raznorodne stvari, među kojima i neke sasvim bezvredne. To je, opet, značilo da predmeti u vitrini nisu sticali mesto na osnovu materijalne vrednosti i dopadljive izrade, niti po tome što su njima obeleženi važni porodični događaji, već po merilima koja su pripadala nekom drugom, meni nerazumljivom kodu.

Ni majka nije znala da objasni njegova svojstva priznajući da stvari reda nasumice, „kako joj dođe". Nije u toj izjavi bilo ničega patetičnog, nikakvog „unutrašnjeg glasa" koji joj je nalagao da jedan predmet izdvoji a drugi odbaci. Kada bi, opet, stvari jednom zauzele svoja mesta u vitrini, majka je takav raspored poštovala, kao da je nastao voljom bogova a ne njenim slučajnim izborom.

Samo se po sebi razume da ja tako svetom mestu nisam imao pristupa. Izloženim predmetima sam, drugim rečima, mogao da se divim jedino izdaleka. Frojd bi verovatno umeo da objasni zbog čega se iz tako strogo nametnute osujećenosti razvio otpor prema vitrini i čak potajna želja da se neki njeni dragoceni sastojci – servis od kristala, na primer – oštete ili polupaju.

Dobro sam se, naravno, čuvao da takva osećanja javno ne ispoljim, jer bi me majka, da je znala za moje skrivene želje, ubila od batina.

S vremenom je moja netrpeljivost prema povlašćenim stvarima, fetišima takoreći, prerasla u čuđenje. Goreo sam, drugim rečima, od želje da saznam kako su predmeti koji ničemu ne služe stekli status „nedodirljivosti".

Stvari iz vitrine se, kako je već rečeno, ne samo nisu koristile u domaćinstvu već su uživale i neku vrstu „eksteritorijalnosti", kao strane ambasade na primer. Pripadale su, doduše, kući, kao uostalom i prostor u kojem su bile smeštene, ali su u isto vreme bile otuđene od nje kao da su deo nekog drugog, različitog sveta.

Vitrina se zbog takvog svog izdvojenog položaja mogla lako zamisliti i kao svemirski brod u koji predmeti nisu ukrcavani zbog upotrebljivosti već zbog nekih drugih, nedokučivih svojstava.

Odlazeći s majkom u selo, da bismo tamo vezene bluze menjali za kukuruzno brašno i slaninu, uočio sam da je kult stvari koje se ne koriste u svakodnevnom životu rasprostranjeniji nego što se obično misli. To se bar moglo zaključiti iz novih prostranih kuća u kojim niko nije živeo. Umesto da se usele u njih, njihovi vlasnici su se zadovoljavali starom, često trošnom i zapuštenom kućom koju nisu napuštali ni pošto izgrade novu.

Seljaci su nas, dičeći se imovinom, ponekad pozivali da pogledamo raskošna zdanja, opremljena aparatima i svim drugim potrebama domaćinstva. U takvim novim kućama uvek sam se osećao nelagodno najviše zbog toga što su ličile na izložbeni prostor neke robne kuće. Takvom utisku su doprinosili sami domaćini, koji su se, govoreći koliko su u šta uložili, ponašali kao vodiči na nekom sajmu nameštaja.

Nikada od vlasnika novih kuća nismo čuli objašnjenje zbog čega radije žive u starim. Zbog čega se lišavaju veće udobnosti? Zbog čega ne koriste kućne aparate koji, ako ništa drugo, olakšavaju posao domaćici? Zbog čega se, najzad, prema sopstvenoj imovini odnose sa strahopoštovanjem ostavljajući papuče na kućnom pragu kao da ulaze u bogomolju a ne u porodični dom?

Da li to znači, pitao sam se, da je statusna vrednost stvari utoliko veća ukoliko se manje koriste ili, još gore, ničemu ne služe?

Biblijska priča o Nojevom kovčegu dobila je sa ovim nedoumicama potpuno neočekivano značenje. Imajući u vidu šta je kao najvrednije majka izdvojila u svojoj vitrini, pitao sam se šta nam jemči da je Noje imao celishodniji izbor. Primer seoskih kuća takođe nije delovao ohrabrujuće jer su se i njihovi vlasnici s više uvažavanja odnosili prema stvarima koje nisu koristili.

U biblijskim ilustracijama se doduše vidi kako u barku ulaze sve vrste životinja ali mi ne znamo da li je to bio Nojev izbor ili izbor ilustratora. Pretpostavka da je Noje postupao po božjoj promisli, da je, drugim rečima, imao misiju da – posle potopa – omogući produžetak života na zemlji, ide u prilog biblijskoj legendi.

Zanemaruje se, na drugoj strani, činjenica da pred nadirućim, raspomamljenim vodama Noje nije imao mnogo vremena da odluči šta će poneti sa sobom. Teško je stoga verovati da je čak i biće izabrano da oživotvori božje naume bilo u stanju da se u potpunosti odrekne ličnih sklonosti, da mu je, drugim rečima, bio draži neki jarac od ljupkog amuleta ili kolevke iz porodične kuće.

Kada, otuda, arheolozi jednoga dana pronađu ostatke Nojeve barke na planini Ararat ili nekoj drugoj, isto tako visokoj koti, moraće da budu spremni na svakojaka iznenađenja, bolje reći na odustajanje od predrasuda koje su im u svest usađene verskim vaspitanjem i biblijskim legendama. Ako su, drugim rečima, sklonosti našeg udaljenog pretka bile makar malo slične onima njegovih potomaka, tada je u njegovoj barci moralo da se nađe mesta i za stvari koje su isto tako nepotrebne i nekorisne kao i predmeti u majčinoj vitrini.

Da li se ova, najblaže rečeno neuobičajena teorija, može ičim potkrepiti? Postoji li za nju bilo kakav dokaz? Naravno da postoji, čak i da se ostaci Nojeve barke nikada ne pronađu. Pogledajte, uostalom, oko sebe. Nismo li, posle potopa, okruženi i korisnim i nekorisnim stvarima, onima koje svakodnevno upotrebljavamo, ali takođe i takvim koje nikada nećemo koristiti. Da je Noje trpao u svoju barku (kovčeg, vitrinu) samo korisne i upotrebljive stvari na padinama visokih planina bi, posle povlačenja velikih voda, preostali samo rogovi i kopita i možda tek poneki pergament od bivolje kože.

Znamo da nije tako. Da su sačuvani takođe šah i notna skala, hijeroglifi i klinasto pismo, biljne i uljane boje, sve, dakle, nekorisni predmeti koji se nikako ne mogu opisati kao neophodni za produženje ljudske vrste.

Čemu su, onda, služili? Za očuvanje ljudskog duha, naravno, jer da se Noje nije rešio da ih ukrca, ne bismo danas imali muziku, književnost i slikarstvo i možda čak i od njih nekorisniju umetnost šaha.

Da li da praoca krivimo što se u ispunjenju božje promisli nije sasvim pridržavao uputstva da brodski tovar ograniči samo na one vrste koje obezbeđuju biološki opstanak? Da li bi, najzad, bili ono što jesmo da naši preci nisu kršili jasne naloge podležući iskušenjima i svojeglavom ličnom izboru?

Treba li se čuditi što sam, načet tako krupnim nedoumicama, na majčinu vitrinu i nove seoske kuće bez stanara gledao s više trpeljivosti? Ko, najzad, može da jemči da se njima takođe ne potvrđuje kako je ponavljanje grešaka praotaca ne samo neizbežno već i spasonosno?

Veslanje nizvodno

Ustaljeno je mišljenje da je najteže veslati uzvodno. Kod mene je bilo potpuno obrnuto. Najveće teškoće u upravljanju čamcem i najveće duševne muke zbog toga doživeo sam upravo veslajući nizvodno.

Ne sećam se više ko mi je ponudio da se „malo provozam" u „čamčiću", koji mi je, iskreno govoreći, zbog veličine više ličio na deregliju. Mada nikada pre toga nisam upravljao čamcem, niti bilo čime što plovi, činilo mi se da za tako nešto nisu potrebne nikakve posebne veštine.

Da sam u zabludi saznao sam čim je vlasnik odgurnuo čamac niz maticu. Ne samo da nisam bio siguran u održavanje pravca već, što je bilo isto tako zabrinjavajuće, nisam imao ni najmanju predstavu kako da zaustavim „deregliju", koju je tok reke, bez moga udela, snažno nosio. Strepeći najviše da posmatračima sa obale (koji, sasvim izvesno, nisu davali pet para za mene) ne delujem nespretno, trudio sam se jedino da ravnomerno potežem vesla, zanemarivši mnoge druge i preče i važnije poslove. Kasno sam tako primetio da čamac strelovito klizi (da je imao točkove rekao bih da juri) prema jednom od splavova za čije su se ivice držali, bezbrižno čavrljajući, grozdovi kupača. Moji pokušaji da zaustavim ili bar makar malo usporim čamac svodili su se na nejako batrganje veslima koja su, na moj užas, pomahnitalom čudovištu davala još veće ubrzanje.

Preostalo mi je jedino da zatvorim oči. Nisam, tako, video, ali sam dobro čuo kako je čamac tresnuo o ivicu splava, kako se pokazalo, tik pored glave jednog od kupača. Malo je reći da su se oni koji su se na tom mestu zatekli bili zaprepašćeni. Bili su, više od toga, ogorčeni, u toj meri čak da sam strahovao kako će me izvući iz čamca i tu, na licu mesta, udaviti, bilo u vodi, bilo golim rukama.

Nisam bio nimalo utešen što se to nije dogodilo jer su me, doduše, poštedeli smrti, ali i izložili bolnim poniženjima. Iz grozda kupača izdvojio se preplanuo, lepo građen mladić (upravo onaj pored čije glave se zario šiljati vrh čamca) i prezrivo, s naglašenim nipodaštavanjem, povikao: gde gledaš, reponjo? Čuvši podrugljivo pitanje na koje, naravno, nisam imao nikakvog odgovora, došlo mi je da „propadnem u zemlju", u ovom slučaju u vodu, što, imajući u vidu crvotočno dno čamca, nije bilo nimalo nezamislivo.

Bio sam uveren, iako to nikako nije moglo da bude tačno, kako se čitava Ada sjatila kraj tog splava samo da bi uživala u mom poniženju. Mada sam bio previše uzrujan da bih u potpunosti razumeo smisao svih okrutnih uvreda, osećao sam se kao goveče kome usijanim železom utiskuju za sva vremena neizbrisiv žig srama.

Nemam pojma kako sam se izvukao iz čamca i prešao na drugu obalu, a još manje kako sam došao do kuće. Sećam se samo da sam preko još mokrih kupaćih gaćica navukao kratke pantalone i odozgo poderanu majicu, žureći da se što pre udaljim s mesta na kome mi je preselo ne samo veslanje već i samo postojanje. Nije ni čudo jer mi se, tako posramljenom, činilo da me ljudi posmatraju samo da bi se narugali.

Da sve bude još gore, osećanje stida me nije napuštalo ni kada je od nesrećnog pokušaja veslanja proteklo celih nedelju dana. Čim bi se na ulici neko upiljio u mene, obarao sam pogled, uveren da me gleda samo zbog toga što je bio svedok moje trapavosti.

Toga leta više nijednom nisam kročio na Adu. Bila je, u stvari, potrebna cela jedna godina da, koliko-toliko, zaboravim poniženje koje sam doživeo. Neumešna vožnja čamcem otkrila mi je tako (ali kakva je to uteha) da se duši mogu naneti isto tako bolni ožiljci kao i oštrim sečivom telu. Od toga saznanja mi, istini za volju, nije bilo nimalo lakše, jer sam takođe naučio da odrastanje nema nikakve veze s bajkama u kome dobrodušne mede (o dobrim vilama i čarobnjacima da i ne govorimo) vode za ruku nedoraslog dečaka. Setivši se (uz žiganje u grudima) kako su mi, kao odraslom, pljusnuli posred lica nadimak „reponjo", zaključio sam, naprotiv, da su sve te zašećerene izmišljotine o bezbrižnom detinjstvu samo priče za malu decu.

Talog od kafe

U drugom dvorištu (postojalo je i prvo), živeo je s Krnjavom Jovan-kom Rista Grk. Niko nije znao otkuda je i kako dospeo u Beograd, kao što niko nije znao njegovo pravo ime. Za razliku od životne saputnice, čiji je nadimak poticao iz očitog i svima vidljivog fizičkog nedostatka, ime Rista se nikako nije slagalo s grčkim poreklom njegovog vlasnika. Moguće je da je stanar iz drugog dvorišta kršten kao Ristopulos, ali se to malo koga ticalo sve dok se odazivao na ime Rista. Ispoljivši na taj način blagorodnu i trpeljivu prirodu, došljak je, bez roptanja, pri-hvatao i sve drugo što mu je komšiluk priređivao. Zavisno od vremena isplate povišica ili kašnjenja penzija, dobrog raspoloženja ili mrzovolje drugih stanara, njemu su pripisivana svakojaka, pretežno neverovat-na svojstva. Za Grka se, tako, govorilo da je bogati naslednik koga je otac, zbog neposlušnosti, razbaštinio, mornar čiji se brod nasukao u Otrantskom kanalu, latifundista kome je dosadilo da nadgleda nepre-gledna imanja i, čak, odbegli robijaš.

Pošto je Rista na sve te priče ostajao nem, svako je sebi davao za pravo da njegovo već razgranato drvo života okiti novim, maštovi-tim pojedinostima. U revnosnom traženju objašnjenja za prisustvo u Palilulli prvoga stranca koji nije došao kao okupator ili oslobodilac, stanari i jednog i drugog dvorišta dozvolili su sebi i neke teško odr-žive protivrečnosti. U jednom od bezbroj rukavaca, koji su priču o mornaru preobražavali u meandru Amazonije, Grk je unapređen u kapetana koga je, posle brodoloma, polumrtvog, iz razbesnelih talasa iznela Krnjava Jovanka. Mada je priča ispričana sa očitom namerom da potvrdi većinsko mišljenje kako se Rista, alias Ristopulos, oženio iz samilosti, ova romantična, maltene potresna ljubavna istorija, patila je od ozbiljnih nedostataka. Cela Palilula je, naime, znala da Krnjava Jovanka ne samo što nikada nije bila na moru, čak i uz velikodušno dopuštenje da se Otrantski kanal pomeri malo bliže Beogradu, već nije znala ni da pliva.

Dobronamerni pokušaj upravitelja škole „Starina Novak" da priči dâ transcedentalni karakter podsećanjem da je ovo tlo u davnoj prošlosti zaista plavilo Panonsko more, kod neobrazovanih stanara nije proizveo očekivani utisak. Mada neuspeo, i taj pokušaj je, ipak, svedočio da interesovanje za prošlost Riste Grka nije bilo ograničeno istorijom ljudske vrste, niti makar bližim geološkim razdobljem. Bilo je, prema tome, neizbežno da se u opisu tako ogromnog vremenskog raspona pojave ne samo različita tumačenja već i ozbiljne nesuglasice. Utoliko više začuđuje da su stanari, koji su u mišljenju često bili podeljeni, a ponekad bogme i beznadežno posvađani, bar u nečemu bili u potpunosti saglasni. Svi odreda su se kleli, u šta god hoćete, da Rista Grk u šoljici kafe vidi budućnost jasnije od bilo koje vračare, jasnije čak i od nadaleko čuvene Hristine.

Da bi se shvatio značaj takvog verovanja, mora se znati da se u Beogradu, neposredno posle rata, što je, uostalom, svojstveno svim teškim vremenima, pojavila tušta i tma svakojakih ponuda da se gledanjem u kafu, pasulj, karte, ili bilo šta drugo, otkrije sudbina. Životni saputnik Krnjave Jovanke, prema tome, nije došao na glas zbog toga što nije imao s kim da se poredi, već zbog toga što se od drugih pravih i lažnih vidovnjaka izdvajao. Da sve bude još čudnije, Rista Grk je izbegavao da gleda u šolju, izgovarajući se da ga – posle toga – uvek boli glava. Žene, kojima je bilo stalo do njegovih usluga, dovijale su se zbog toga na sve moguće načine, ne prezajući ni od podvale.

Ni moja majka nije mogla da odoli iskušenju da – posle jutarnje kafe s Krnjavom Jovankom – zamoli komšiju da joj rastumači šare u talogu. Šoljica, koju je jednoga dana poturila Risti, nije, ipak, bila njena već moja. Želela je, drugim rečima, da joj vidoviti Grk predvidi budućnost sina. Danas mogu da razumem povode tako bezazlenoj prevari, ali je bolje što za nju tada nisam znao. Sigurno je da bih je – sa isključivošću svojstvenoj nedoraslom uzrastu – opisao kao praznoverje, a Ristu Grka osumnjičio za obmanjivanje lakovernog sveta. To svakako ne bi bilo pravično, a ni istinito, jer je, za razliku od profesionalnih vračara, uvaženi suprug Krnjave Jovanke u šoljicu kafe (zbog glavobolje) gledao sasvim nevoljno. Činio je to i bez novčane naknade, što će reći bez ikakve koristi.

Mada su obe činjenice bile vredne pažnje, prevideo sam ih u nadmenoj obnevidelosti. Ni nakraj pameti mi nije bilo da ću se s njima, godinama kasnije, ponovo na posredan način suočiti. Ni povod (Bergmanov film *Mađioničar*), ni mesto (pustinjski bioskop na Sinaju), nisu davali razloga da se tako nešto makar izdaleka nasluti. Kako je, pod otvorenim nebom, priča s ekrana odmicala, tako sam u ponašanju Bergmanovog junaka, oličenog u dogmatičnom lekaru, sve više prepoznavao zablude sopstvene mladosti. I on je za sve neobične pojave u usamljenoj kuli imao razložno tumačenje, da bi, suočen s kaskadom čudnih, zastrašujući događaja, i sâm počeo da sumnja da se baš sve može razumeti, a kamoli objasniti.

Mada mi se filmska pouka urezala u svest za sva vremena, nisam joj pridavao preteranu važnost sve dok mi majka, takoreći pred smrt, nije poverila tajnu o šoljici kafe koju je odnela Risti Grku.

– Znaš li da je sve pogodio?

– Šta je pogodio? – pitao sam.

– Sve, baš sve.

Čuo sam, tako, da je opisao ceo moj potonji život, ne propuštajući ni najsitnije pojedinosti, kao da ih je video na filmu.

Upravo tako je rekla:

– Kao da je video na filmu.

– Ali – pokušao sam da je razuverim – bili smo prve komšije. Prirodno je da je o našoj porodici znao ponešto. Na osnovu toga – razvijao sam teoriju o mostobranu – mogao je podosta da predvidi.

– On je sve to video – ispravila me je majka, želeći time da naglasi kako između nagađanja i izvesnosti postoji velika razlika.

Primetivši po izrazu lica da u to ne verujem, počela je da nabraja šta je sve Grk na dnu šoljice video.

Morao sam da priznam da ništa nije izostavio: lica, susrete, školovanje, putovanja, gradove, prijatelje, ljubavi. U talogu kafe je, sudeći po iscrpnom izveštaju, počivao, metodično sređen i savesno popisan, moj celokupan životni inventar.

– Jedva sam ga nagovorila – uzdisala je majka. Nije ni čudo jer bi uvek, posle gledanja u šolju, patio od glavobolje.

– Da li je – nisam bio u stanju da obuzdam nespokojstvo – video sve do kraja?

– Ne znam. Govorio je samo o budućnosti. Jednostavno je nabrajao šta će se sve dogoditi. Ni u jednom slučaju nije rekao: E, sad, posle ovog nema više ničega. Došli smo do kraja.

– Da li si ga pitala?

– Naravno da jesam. Znaš ti mene.

– I šta je odgovorio?

– Nije isprva hteo ništa da kaže. Potom je, na uporno nagovaranje, promrmljao ciglo tri, meni nerazumljive reči.

– Šta tačno? Možeš li doslovno da ponoviš?

– Rekao je: izvesnost je nepodnošljiva.

Nisam video ništa posebno u rečima kojima se izražavao stav ali se, takođe, i izbegavao određeni odgovor.

Majka podiže kažiprst:

– Nisam se, ipak, dala da me tek tako odvrati. Znaš i sâm da sam imala oko za mustre.

Naravno da sam se sećao maštovitih prizora koje je prvo crtala a potom vezla na bluzama od platna ili od svile. Nisam, ipak, odmah shvatio kakve sve to ima veze s vidovitošću Riste Grka, sve dok mi majka nije skrenula pažnju na sličnost njenih mustri sa šarama u kafenom talogu.

– E pa lepo, čim sam došla kući, verno sam preslikala šare s dna tvoje šoljice.

Tražeći, kao dokaz, svoju umotvorinu, počela je da pretura po starom okovanom sanduku koji je, mada od manje plemenitog drveta, bio sličan onim čuvenim sa Zanzibara.

– Tu je negde – preturala je po dnu sanduka, verujući da će, među mnogim mustrama, iskopati i onu o kojoj smo govorili. Gotovo sam izgubio nadu da će je pronaći, kada se majka, najzad, pobedonosno ispravi, držeći u ruci trošni list hartije, na kome su se još razaznavali izbledeli tragovi olovke.

Ma koliko sebe uveravao kako je sve to obično praznoverje, osetih kako me, kao kod nazeba, spopada jeza.

– Želiš li da pogledaš izbliza? – držala je pažljivo, s dva prsta, izgužvani, požuteli list.

– Nema potrebe – odbijao sam da zavirim u „mustru" sopstvenog života, strahujući da će se trošan papir, na dodir prsta, raspasti.

Rastanak

Majka nikako nije mogla da preboli rastanak. Naizmenično je ili pogruženo ćutala ili dugo i neutešno jadikovala.

– Bila nam je Hraniteljka – ponavljala je.

– Niko to ne poriče – trpeljivo sam povlađivao.

– Da nije bilo nje ne bismo imali hleba – krišom, da ne primetim, brisala je suze.

– Ali možeš li plačem išta da izmeniš? – pokušavao sam da budem razložan.

Ništa nije vredelo. Majka je, kao općinjena, zurila u fotografiju koja je, uokvirena ramom zlatne boje, imala počasno mesto u zastakljenom delu ormana. Starinskim aparatom, za koji se znalo da je kupljen u Aleksandriji, ali ne i kada je proizveden, Rista Grk je ovekovečio trenutak u kome se majka, kao da traži potporu, oslanja na Hraniteljku. Mada se na račun idiličnog prizora nisu mogle izreći nikakve primedbe, povoljan utisak donekle je narušavao dvorišni pejzaž, koji se završavao nizom trošnih šupa i prljavom, sivom trakom nečega što je trebalo da bude beskrajno plavo nebo.

– Zaboravio si da nas je hranila pune četiri godine.

– Naravno da nisam zaboravio – branio sam se uvređeno, ali ne i preterano uverljivo.

– I to koje četiri godine – kao da je prečula moje reči, majka se vraćala na vreme okupacije.

Znao sam da će – posle ovih reči – početi da pretura po kutiji za cipele, sređujući ponovo već ranije uredno poređana očeva pisma iz zarobljeništva. Očekivali smo ih, kako je majka govorila, kao „ozebô sunce", najviše se radujući fotografijama koje su, ponekad, stizale s pismima. Sa njih su nas gledale blage oči utonule u lavirint izduženih, ispošćenih crta, kakve sam kasnije prepoznavao u likovima mučenika na manastirskim freskama.

Kao da je pred njom bio otac lično, a ne samo njegov otisak na već požutelom foto-papiru, majka je brižno i neumorno zapitkivala:

– Zbog čega si mi tako izmršavio? U samu kožu i kost si se pretvorio. Ne sačekavši odgovor, koji se i nije mogao čuti, i sama se jadala:
– Mislila sam da nećemo preživeti. Od tarabe oko dvorišta nijedna daska nije ostala čitava. Sve je narod razneo. Da dete nije odnekud na leđima dovuklo drvena vrata, načisto bismo se posmrzavali. Radila sam, poveravala se dalekom, nečujnom sagovorniku, u zimskom kaputu. Onom s kragnom od lisice koji smo pred rat kupili kod Dinickog.

Kao da se i njoj samoj opisana slika činila nestvarnom, majka je upirala pogled u Hraniteljku, tražeći od nje ohrabrenje i utehu. Njih dve su, uostalom, probdele mnoge noći zajedno, ukrašavajući bele pamučne bluze cvećem, leptirima i geometrijskim šarama, koje sam, takođe kasnije, otkrio na kavkaskim tepisima. Majka se, uistinu, od Hraniteljke nije razdvajala ni u radu ni u trenucima opuštenosti i predaha. Uz nju je pila kafu i u njenoj nemoj prisutnosti, najzad, pobožno upijala svaku reč iz očevih pisama.

Hraniteljka je, nažalost, bila svedok i drugih, manje svečanih trenutaka, kada je kostimograf Školić iz Narodnog pozorišta tražio previše i čak nemoguće. Sećam se dobro kako je jednom prilikom doneo hrpu kostima, zahtevajući da se samo za jedan dan pripreme za premijeru. Majka je rekla da tako veliki posao ne može da se obavi za tako kratko vreme, makar radila ne samo ceo dan već i celu noć, na šta je Školić, upirući prstom kao da želi da nas njime proburazi, povišenim glasom izdeklemovao kako predstava mora da se održi.

Ja sam se, tada, nezvan upleo u razgovor i rekao da me je „baš briga za premijeru" i da, „ako treba da se održi, zašto nije doneo kostime ranije", na šta je gospodin Školić iskolačio oči kao da je progutao najveću knedlu sa šljivama, a majka me je lupila po ustima i povikala „ne mešaj se kada te niko ništa ne pita".

Bio sam ubeđen da batine nisam zaslužio te sam, kada je Školić otišao, plakao više iz uvređenosti nego iz bola. Majka je plakala zajedno sa mnom i govorila kako „ne možemo da ujedamo ruku koja nas hrani", sa čime se ja nisam složio i zapretio sam da ću „onom nakinđurenom majmunu polomiti kažiprst ako se usudi da ga još jednom podigne".

– To mi je hvala što sam obnevidela radeći – govorila je majka oslanjajući se na Hraniteljku kao na doslovno jedinu potporu.

Činilo se u tim – često ponavljanim – trenucima da je njihova međusobna upućenost ne samo neraskidiva već i sudbinski predodređena. Za saznanje da ništa, ipak, nije večno, dovoljan je bio kraj rata. S povratkom oca iz zarobljeništva majka više nije morala da radi, te se rastanak s Hraniteljkom neminovno približavao. Mada smo je za to dugo pripremali, oglas u *Politici* o prodaji „dobro očuvane šivaće mašine" dočekala je kao najavu smaka sveta.

Na sve naše pokušaje da je razgalimo samo je ćutala, milujući – sve do dolaska kupca – metalni i kao u labuda vitak vrat Hraniteljke sa utisnutim zlatnim slovima *Vilson*.

Uz dahtanje i stenjanje, mašinu smo jedva utovarili u kolica, čije se tandrkanje neravnom kaldrmom Hadžipopovca još dugo potom čulo.

Sačekavši strpljivo da buka umine, majka je bez reči ustala i ispod Svete Paraskeve pripalila kandilo za pokoj duše mučenice.

Čistoća je pola zdravlja

Ceo Beograd je posle rata imao samo dva javna kupatila: jedno u Dušanovoj, a drugo u Mišarskoj. Mada smo bili podjednako udaljeni od oba, koristili smo radije ovo drugo jer je majka mislila da je otmenije. Ona je, osim toga, tamo poznavala sve spremačice koje su joj, za mali bakšiš, ukazivale posebnu pažnju i kabine čistile brižljivije nego obično. Ocu je bilo svejedno u koje kupatilo odlazi, smatrao je da su razlike, ako uopšte postoje, samo u nijansama.

Bilo bi sasvim pogrešno iz toga zaključiti kako se čin kupanja, koji se svakoga petka ponavljao sa sudbinskom neumitnošću, na bilo koji način omalovažavao. Svi smo se, naprotiv, za njega pripremali kao za ratnu operaciju koja je imala svoja stroga pravila.

Majka je u posebnu torbu pakovala peškire, sapune, mirišljavu so, pomade i – u sijaset bočica – rastvore različitih boja, čiju namenu nikada nismo saznali. Mada je svakoga petka prikupljala isti pribor, nešto je uvek bilo zatureno, ili se s mukom nalazilo, što je kod male ekspedicije stvaralo napetost, kao da se sprema za Severni pol, a ne za javno kupatilo u Mišarskoj ulici. Otac je svaki čas pogledavao na časovnik, neodoljivo podsećajući na fudbalskog sudiju, samo bez pištaljke u ustima. Majka je, zbog toga, postajala još smetenija, grdeći stvarčice koje se, sudeći bar po njenim rečima, iz čiste pakosti nisu oglašavale.

Kada bismo, požurujući jedni druge, konačno krenuli, koračali smo u koloni: otac na čelu, majka u sredini i ja na začelju. To je za posledicu imalo da je dve trećine kolone trčkaralo za predvodnikom, jer je otac imao svoj ritam i nije se osvrtao za onima koji zaostaju.

Pošto je poseta javnom kupatilu bila neka vrsta društvenog događaja, majka bi sa osobljem uvek malo popričala. Mada je redovno zakupljivala istu kabinu, ritual koji smo unapred znali, obavezivao je da s kasirkom još jednom utvrdi sve pojedinosti. Ona je majci, kao da je prvi put vidi, poveravala da postoje dve vrste kabina: jedne jeftinije, iz kojih – spolja posmatrano – vire noge kupača do članaka, i druge otmenije i potpuno zatvorene, ali i skuplje.

– Hoćete li, dakle, prve ili druge – pitala je kasirka monotonim glasom kao da se i sama dosađuje zbog napamet naučenog, bezbroj puta ponovljenog teksta.

– Kako tako nešto uopšte možete da me pitate – čudila se majka, glumeći, isto tako rutinski, zgranutost, na šta je kasirka, užurbano se pravdajući, odgovarala glasno, da svi čuju, kako, naravno, zna da gospođa uzima najbolju kabinu, ali za svaki slučaj, želi to još jednom da potvrdi.

Znajući da se mala scenska igra, neka vrsta kupališnog prologa, ne može izbeći, kao ni sudbina, strpljivo smo čekali da se još jednom odigra, a tek potom odlazili, svako u svoju kabinu, iz koje ne vire noge.

Za pola sata, koliko je bilo dopušteno da se u njoj ostane, sapunali bi se i prali i opet sapunali i prali, sve dok nas – kucajući na vrata – ne bi opomenuli kako je vreme isteklo.

Izlazili smo crveni kao rakovi, sa onom vrstom prijatne klonulosti koja se javlja posle vrele pare i dugog kupanja. Možda i zbog toga, vraćali smo se kući bez žurbe, rasterećeni.

Ni kolona više nije imala vojnički vid. Koračali smo, naprotiv, potpuno opušteno, naporedo, ili jedan za drugim, ne vodeći više računa ni o brzini kretanja ni o redu. Povremeno smo, zavisno od raspoloženja, zastajkivali ili razdragano trčkarali, tražeći predah – blaženo umorni – na klupama ili čak ivičnjaku.

Put do kuće se tako otezao duže nego što smo predviđali, pretvarajući se u neku vrstu vedroga tumaranja. Uživajući u njemu, previđali smo da na taj način potiremo sopstveni trud, jer je skitnja prašnjavim gradskim ulicama, na kojima je košava vitlala starom hartijom, neumoljivo spirala tek stečenu pozlatu. Pretvarali smo se da ne primećujemo kako se ispod nje ponovo pomaljaju musava, znojava lica, samo da bismo ocu dali priliku da na povratku kući, glasom Šekspirovih junaka, svečano izjavi kako je „čistoća pola zdravlja".

Narodska predstava sa sapunanjem i pranjem, koja je u Gradskom kupatilu u Mišarskoj ulici počinjala majčinim prologom, dobijala je tako, na povratku kući, isto tako ustaljen grandiozan epilog.

Odelo po meri

Odelo se nekada nije kupovalo u trgovinama, već šilo. Krojači su, drugim rečima, uzimali podjednako meru i siromašnima i bogatima. To, naravno, ne znači da se majstori među sobom nisu razlikovali. Na vrhu piramide bili su oni koji su šili samo za probranu gospodu. Čak i tako povlašćen sloj nije bio sačinjen od jednog komada, jer se tačno znalo kod koga odelo naručuju ambasadori, a kod koga preduzimači i drugi novopečeni bogataši. Da li će jedan krojač „doći na glas" zavisilo je, dakle, ne samo od njegove spretnosti već i od toga kakve mušterije ima.

Najugledniji saloni, obavezno u centru grada, ličili su na operske foajee, ili neka druga, takođe otmena mesta, do kojih se dospeva jedino na osnovu utvrđenih javki, poznatih samo malom krugu posvećenih. Takav utisak se bar sticao zurenjem kroz izlog na kome je krupnim zlatnim slovima pisalo ime vlasnika. Pošto pregrada od stakla nije dopuštala da se čuje razgovor, prizori u blistavo osvetljenoj radnji neodoljivo su ličili na kamerne baletske predstave. Probe u raskošnim salonima doživljavao sam, otuda, s nosem priljubljenim uz izlog, kao vrhunac otmenosti, ne samo zbog prefinjenih pirueta već i zbog toga što se majstor i mušterije nisu među sobom razlikovali. Kao da je među njima postojala saglasnost, sve se rešavalo šapatom ili blagim pokretom ruke, kojim se odelo više vajalo nego šilo.

Manje izbirljive mušterije tražile su krojače podalje od centra. Njihove radnje obično su se prepoznavale po zapuštenim izlozima u kojima se ostavljao, kao napušteni ratnik posle bitke, drveni torzo, popljuvan od muva. Na malom, okruglom stočiću u unutrašnjosti „salona" majstori su, radi utiska, gomilali haotično nabacane modne časopise koji su, sudeći bar prema datumima, imali više antikvarnu nego upotrebnu vrednost. Čekajući da se završi ranije zakazana proba, mušterije su ih iz dosade prelistavale.

Na dnu krojačke hijerarhije bili su, najzad, majstori koji su imali radnje u stanovima. U prigodnom simbioznom prostoru mušterije su

se i doslovno jedva provlačile između šivaće mašine i domaćeg po-
kućstva, pitajući se sa strahom ne kako će odelo izgledati već da li će
u tako velikom neredu biti uopšte pronađeno. Kratkovidi majstor sa
santimetrom oko vrata i jastučićem s načičkanim iglama na nadlak-
tici, redovno je nešto tražio i ponovo gubio, probadajući strastveno
– kao zgnječene leptire – krajeve izgužvane i na bekstvo uvek spremne
tkanine.

Upravo kod takvog jednog krojača naručio sam prvo odelo. Koli-
ko god neupućenima ova rečenica delovala obično, ona sadrži mnogo
više od jednostavnog iskaza. Da bi se razumela, mora se znati da sve
do velike mature na odelo nisam ni pomišljao. Oblačio sam, umesto
njega, od dugog nošenja pohabanu američku vojnu bluzu, koju mi je
otac doneo iz zarobljeništva. Nadimak Koreja, koji sam zbog nje do-
bio, nije mi smetao jer su me, pogrešno ga tumačeći, prgavi i na tuču
uvek spremni vršnjaci ostavljali na miru.

Odluka porodičnog veća da posle velike mature sašijem odelo zna-
čila je zato ne samo raskid s makar neuverljivim „tvrdim izgledom"
već i s generacijskim obeležjem. Za roditelje, takođe, novo odelo nije
bilo samo odevni predmet već i statusni simbol koji je „celom svetu",
a pre svega komšiluku trebalo da pokaže kako sam postao akademski
građanin.

Zadatak da tako epohalne planove oživotvori, poveren je najpo-
uzdanijem kućnom prijatelju, koji me je, posle dugog porodičnog ve-
ćanja, poveo kod majstora Bude u Hilandarskoj ulici. Mada sam oku-
sio prvu ljubav, te mi ni velika uzbuđenja nisu bila sasvim nepoznata,
na prvu probu sam otišao sa strahom. Majstor Buda me je već na ulazu
kritički odmerio, naslućujući da će sa mnom, mada ne baš najugledni-
jom mušterijom, imati najviše muke. Ne samo da sam, s krojačkog sta-
novišta, preterano izrastao već, onako štrklast i mršav, nisam imao ni
ramena ni – da prostite – stražnjice. Majstor Buda se zbog toga požalio
da je – videvši me – dobio želju da me jednostavno prekrije platnom
i ostavi kao odbačenu statu u muzejskom podrumu. Nije to, ipak,
učinio, najpre zbog toga što je i njemu čika Mitar bio prijatelj, a možda
i zbog toga što zgrada u Hilandarskoj, mada izgrađena pre rata, nije
imala podrum. Nije mu, prema tome, preostalo ništa drugo već da mi,
neprestano uzdišući, uzme meru, pošto se pre toga počešao po glavi i
promrmljao „majku mu" ili tako nešto.

Premeravajući me uzduž i popreko, od temena do tabana, sa spu-
štenim i raširenim rukama, oko pojasa i oko grudi, ostavljao je – s

vremena na vreme – metar, da bi mastiljavom olovkom zapisivao u svesku centimetre, koji su, mada ispisani sitnim brojkama, sve više – kao mravinjak – narastali. Posle predaha, u kome nas je domaćinova supruga služila slatkom od šljiva i kafom, majstor nam je pokazivao „prave" engleske štofove. Dajući neskriveno do znanja da se prema njihovom poreklu odnosi s krajnjim podozrenjem, čika Mitar je, kao da se bavi tajnim obredom, krajičke materijala dugo između palca i kažiprsta trljao. Primetivši kako ga zabezeknuto gledam, objasnio mi je da je važno ne samo kako će odelo izgledati već i koliko će trajati. Sudeći prema revnosti s kojom je tkaninu trljao i, isprobavajući kakvoću vune, čak palio šibicom, čika Mitar je, u svojstvu nadzornika radova, očito sebi postavio za cilj da nađe vrstu namenjenu večnosti.

Majstoru Budi, začudo, izvoljevanje prijatelja nije nimalo smetalo. Moglo bi se čak reći da je takvo ponašanje na neki način i sâm podsticao, prebacujući mi, preko ramena, neprestano nove „restlove". Moja uloga je na taj način bila potpuno zanemarljiva. Još određenije, ja sam, kao lutka, nepomično stajao, podmećući čas levo a čas desno rame neprestano novim uzorcima. Pošto se najzad, posle dugog kolebanja, opredelio za tamnoplavu tkaninu i, posle takođe dugog pogađanja, saglasio s cenom, čika Mitar prepusti majstoru da zakaže prvu probu.

Kroz nedelju dana smo ponovo zajedno zakucali na vrata radnje u Hilandarskoj ulici. Još s praga sam ugledao na drvenom truplu kaput, izukrštan koncima i, kao zamišljeno polje bitke, kredom označene pravce nadiranja. Oprezno sam se uvukao u vuneni oklop, strepeći da će se, budem li previše mlatarao rukama, sasvim raspasti. Za razliku od mene majstor Buda se prema svom delu odnosio s manje poštovanja, kidajući komade tkanine i pribadajući ih ponovo „špenadlama", koje je držao ne samo u jastučetu na nadlaktici već i među zubima. Podjednako se ježeći od reskog zvuka paranja po šavovima i uboda igala načičkanih na grudnjaku, kraj probe sam dočekao sa olakšanjem. Nikako, ipak, nisam mogao da zamislim da će se iz haosa pojaviti odelo, iako je majstor Buda, da završi posao, zatražio još nedelju dana, dakle dva puta više nego što je Svevišnjem bilo potrebno da – takođe iz haosa – stvori svet.

Kada mu je čika Mitar upravo to predočio, primetivši da je Bog za manje vremena uradio mnogo više, majstor Buda je, ne zbunjujući se, odgovorio da je to svakako tačno, ali da je takođe tačno kako je Svevišnji raspolagao boljom građom. Pošto su se krojačeve reči mogle razumeti i kao prekor što – zbog tvrdičluka – nije prihvatio preporuku da se odelo sašije od „finijeg engleskog štofa", čika Mitar se o rokovima za izradu, ne doduše božanskog, ali sudeći po uzdasima i žalopojkama, ni sasvim ljudskog dela, nije više izjašnjavao.

Pošto se tako u poslove majstor Bude, makar posredno, umešao sam Gospod Bog, na drugu probu sam došao sa skrušenošću prvih hrišćanskih mučenika. Odelo me je, prema dogovoru, spremno za probu, čekalo okačeno o drveni jednonožni trup. Navlačeći prvo pantalone, a potom i kaput, zaustavio sam dah, strepeći da se odeća, još izukrštana koncima i načičkana iglama, ne raspadne pri nesmotrenijem pokretu. Ličio sam, otuda, na lutku na navijanje, pokorno držeći ruke raširene ili priljubljene uz telo, zavisno od zapovesti krojača. Majstor Buda se, s vremena na vreme odmicao od svog dela, kao slikar od štafelaja, ostavljajući me da nasred sobe podražavam strašilo. Loveći krajičkom oka sopstvenu sliku u ogledalu, odmah sam uočio kako su ramena nejednake širine, nogavice preduge, a jedan rukav kraći od drugog. Mogao sam takođe da vidim, vrteći se ukrug prema nalozima majstor Bude, grbu na leđima i – bez gledanja – osetim kako me tesno skrojeni kaput žulji ispod mišica.

Imajući sve to u vidu nikako nisam mogao da razumem zbog čega je krojač zadovoljno caktao jezikom, diveći se odelu, koje se, ni uz najvelikodušniju popustljivost, nije moglo opisati kao zasenjujuće. Kada sam, uprkos tome, na pitanje da li sam zadovoljan odelom, naizmenično bledeći i crveneći, zbunjeno potvrdno odgovorio, priskočio mi je u pomoć čika Mitar.

– Šta je ovo, Budo, majku mu – vukao je duži rukav ka podu čineći ga još dužim, zavrtao kraću nogavicu čineći je još kraćom, nabirao na leđima grbu, čineći je još većom i najzad, bez imalo ustezanja, već izgužvanu tkaninu još više gužvao.

Dok sam sa užasavanjem posmatrao kako se moje prvo odelo izobličuje, majstor Buda je, bez trunke opiranja, dopuštao da se njegov dvonedeljni trud pretvara u prah i pepeo. On se, nije bilo nikakve sumnje, krotko saglašavao s neophodnim ispravkama, ali im je, takođe, s primetnom ležernošću, umanjivao značaj.

– Ništa ne brinite, biće kao saliveno – ponavljao je spokojno, dok me je iz sve snage lupao po leđima, kako bi ispravio grbu na kaputu i doslovno se celom težinom kačio za kraći rukav, kako bi ga izjednačio s dužim.

Pošto su i čika Mitar i majstor Buda svoje zaključke potkrepljivali grubom silom, i moje prvo odelo i, srazmerno tome, raspoloženje bili su u jadnom stanju. Nekako sam se ipak držao sve dok krojač, priklanjajući se razlozima „nadzornika radova", nije otparao rukav po šavovima. Ostavši ponovo u prsluku, iz čijih su naramenica virili pramenovi vate, bio sam na ivici nervnog sloma. Nije ni čudo jer se u ogledalu jasno videlo da je odelo bilo u stanju koje je prethodilo prvoj probi, s tom razlikom što je – u to vreme manje izgužvano – bolje pristajalo drvenoj jednonogoj lutki nego sada mojoj štrkljastoj figuri.

Primetivši kako mi je lice ucveljeno, kao da sam na sahrani a ne na probi, majstor Buda me je, tešeći, uveravao kako su nedostaci lako otklonjivi. Ostalo je, prema tome, da sutradan još jednom dođemo, kako je obećao, zaista poslednji put.

Noć sam proveo u košmaru sanjajući kako se gušim od vate koja neprestano, kao iz grotla vulkana, kulja iz postave mog novog kaputa. Čudio sam se, doduše, kako je moguće da se u tako malom prostoru smesti tako velika količina vate, ali sam, budući u snu a ne na javi, čak i tako neverovatnu pojavu prihvatio kao moguću.

Sutradan nas je zaista čekalo ispeglano i, sudeći bar kako je pristajalo drvenoj lutki, prikladno sašiveno odelo. Pošto, za razliku od lutke, nisam bio tako pravilno zaobljen, majstor Buda je i ovoga puta ispravljao neravnine snažnim lupanjem šakom po leđima i kačenjem za rukav celokupnim telom. Premeren više puta, iscrtan kredama različitih boja, svlačen i oblačen, paran po šavovima i silom istezan, ćuškan i udaran, morao sam na kraju da priznam kako je na meni remek-delo. Čika Mitar je na to rekao kako je video i „gore sašivenih odela", što je majstor Buda shvatio kao prihvatanje, doduše nevoljno i uz mnogo gunđanja, svršenog čina.

Majka je, na zgražavanje čika Mitra, delila krojačevo ushićenje, tvrdeći kako mi odelo „stoji kao saliveno". Bilo je, prema tome, sasvim prirodno da kod višeg činovnika *Hipotekarne banke*, čijeg sam sina podučavao, krenem u tek sašivenom odelu. Samo se po sebi razume da sam se osećao kao sapet ne samo zbog odeće na koju nisam bio navikao već i zbog mašne, koja me je i doslovno gušila. Činilo mi se, takođe, naravno neosnovano, da svi prolaznici pilje u mene.

U dvorištu u kome je živeo već pomenuti činovnik ušao sam zato sa istom usplahirenošću s kojom na scenu velikog pozorišta stupa glumac početnik. To je svakako razlog što sam kasno primetio kučence koje se – režeći – munjevito ustremilo na nogavice mojih novih pantalona. Uzalud sam unezvereno cimao nogom. Kučence se nije predavalo, držeći čvrsto zubima već poderanu tkaninu. Kada sam nekako uspeo da ga odvojim od pantalona, u nogavici je zjapila rupa s čijih su se oboda cedile pseće bale. Mada su se na koži videli tragovi oštrih sekutića, nisam im pridavao nikakvu važnost, što se jedino moglo objasniti očajanjem zbog jadnog stanja pocepane nogavice.

Dugo sam se mučio da nađem reči kojima bi verno opisao nesrećnu epizodu, ali nisam uspeo. Nije ni čudo jer se nikakve ni fizičke ni duševne muke ne mogu porediti sa onima koji nastaju pogledom na rupu u tek sašivenom prvom odelu.

Švedski sto i drugi *posteriori*

Sve što je u vezi sa Švedskom stizalo je do naših ušiju ili prerano ili prekasno. Pre nego što smo uopšte čuli za tu zemlju, znali smo mnogo o njenim lepoticama. One se, začudo, nisu pojavljivale u modnim časopisima, možda i zbog toga što takvih časopisa nije ni bilo. Razgolićene devojke su pre mogle da se vide u sportskim listovima na fotografijama dugonogih, plavokosih atletičarki, čiji su nas takmičarski uspesi manje interesovali od njihovog izgleda. Posle fotografija na red su došle priče o slobodnom ponašanju devojaka sa Severa, koje su se sve odreda svodile na uveravanja kako nema te zemlje u kojoj se dečački snovi mogu lakše ostvariti nego u Švedskoj. I sami smo podsticali takva maštanja nadmećući se međusobno ko će u izmišljene ili bar uveliko preuveličane priče sunuti više paprenih začina.

Niko od nas, naravno, nije putovao u Švedsku niti je o njoj znao više od onoga što se moglo saznati iz novina. Viđali smo doduše u filmovima irvase upregnute u saonice, zbog čega su najlakoverniji dečaci verovali da, osim lepotica, u toj dalekoj snežnoj zemlji obitava još jedino Deda Mraz. Prošlo je mnogo godina pre nego što smo saznali da u njoj žive takođe robusni hokejaši, muzička grupa *ABBA* i, najzad, pravi pravcati kralj za koga se u našoj štampi najčešće naglašavalo kako se šeta ulicama ili vozi biciklom.

Nismo videli šta je u tome tako izuzetno, jer i mi smo švrljali ulicama i vozili se biciklom. Ako, dakle, kralj i nije ostavio neki utisak, pevačice nas nisu ostavljale ravnodušnim. Tiskali smo se, zbog toga, ispred ekrana u to vreme sasvim retkih televizijskih prijemnika upijajući pobožno svaki pokret telom i svaki drhtaj glasa devojaka koje su svojim izgledom potvrđivale sve naše predstave o Šveđankama. Mada u to vreme to nikome ozbiljno nije padalo na pamet, muzička grupa sa Severa je, osim za uživanje, bila kao stvorena za izučavanje fenomena „žute mrlje". Da ne biste lupali glavu zbog čega, reći ću odmah da su dečaci jedva primećivali muške pevače, a da je bilo i takvih koji su –

piljeći isključivo u pevačice – bili uvereni da je grupa *ABBA* duet a ne kvartet.

Oni retki među nama koji su, osim u *Takovo* i *Topolu*, odlazili i u Kinoteku na početku Kosovske ulice, otkrili su i Gretu Garbo. Kolektivno gledanje jedne njene filmske romanse ostavilo nas je, ipak, ravnodušnim, najviše zbog toga što je svih sto dvadeset minuta, koliko je film trajao, ona imala do poda duge haljine. Stoga smo se vratili sportskim listovima u kojima su duge noge plavokosih skakačica uvis ili udalj bile u potpunosti razgolićene.

Interesovanje za švedske glumice ponovo je oživelo kada smo iz kratke vesti saznali da se Ingrid Bergman udala za italijanskog reditelja Roselinija. Fotografija bračnog para veoma nas je obodrila jer se na njoj jasno videlo da je mlada kudikamo lepša od mladoženje. Iz toga smo razdragano zaključili da su lepotice sa Severa sklone južnjacima, mada, ruku na srce, nismo razumeli šta je švedska glumica našla baš u tom uzorku.

Ako su, dakle, atletičarke, glumice i pevačice prethodile drugim saznanjima o Švedskoj, hrana je došla posle toga. Nije tu, naravno, reč ni o kakvoj diskriminaciji prema jelima sa severa Evrope već o nepoznavanju bilo kakve kuhinje osim one nacionalne. U prilog tome želim da podsetim da u Beogradu posle rata nije bilo nijednog kineskog ni japanskog, niti marokanskog, pa čak ni italijanskog i francuskog restorana, nismo, drugim rečima, poznavali nijednu stranu kuhinju ne samo iz dalekih, egzotičnih zemalja već ni i iz onih bližih evropskih. Pojam nacionalne kuhinje mora se takođe shvatiti sasvim uslovno, u kondicionalu, dakle kao nešto što bi moglo ali ne mora biti. Pomenuta uslovnost potiče iz jednostavne činjenice da smo se hranili onim što smo imali, a ne onim što smo želeli. Izbor je, prema tome, bio sveden na sasvim zanemarljive nijanse. Da bi se razumelo o čemu govorim, ograničiću se na samo jedan pojam: školsku užinu. Ako bi danas nekom palo na pamet da pobroji šta sve u nju ulazi, morao bi da sačini dug spisak peciva, pica, sendviča, voća, sokova, zrnastih plodova, čokolada i drugih slatkiša, čega sve još ne. Mi, na sreću, nismo morali da lupamo glavu šta nam je majka zapakovala jer je školski jelovnik bio jednom zauvek dat, što će reći da je, kao božja zapovest, bio nepromenljiv. Užina se, drugim rečima, sastojala od dva parčeta hleba koja su međusobno bila slepljena mašću. Za one koji i dalje kopka nijansa reći ću samo da je imala i varijantu sa alevom paprikom. Jedan isti sendvič je, dakle, mogao da bude s čistom mašću, a drugi takođe s mašću posutom paprikom. Pošto smo živeli u oskudici, dužan sam da objasnim da dva parčeta hleba za užinu nisu bila rezultat velikodušnost, niti još manje rasipništva, već jednostavno potrebe da se spreči lepljenje masti za papir i otuda njeno uludo rasipanje.

Mada se može činiti da je takva ishrana sasvim jednolična i čak nezdrava, za svih osam godina srednje škole nikada nisam čuo da je neko užinu vratio nepojedenu kući. Mada je bilo onih koji bi užinu slistili već na malom odmoru, većina đaka je za obed koristila veliki odmor. Ni oni se nisu mnogo nećkali najpre zbog toga što su bili neprestano gladni, ali i zbog toga što je među đacima uvek bilo takvih koji su za zalogaj moljakali i bili čak spremni da ga ispred nosa otmu. Među njima je najgori bio neki Velikić, koji se sam hvalio da je pojeo petnaest sarmi, pripremljenih za slavu, pre nego što ga je majka zatekla i „ubila vola u njemu“. Naravno da smo mu verovali jer je imao šake kao nosač Marko sa Železničke stanice, ali takođe i zbog toga što u celoj školi nije bilo đaka koji bi pre njega završio sa užinom. Time neću da kažem kako nije bilo i drugih isto tako alavih dečaka, ali Velikić se i među njima izdvajao. Čovek je jednostavno bio čudo prirode jer je hleb s mašću u njegovoj utrobi nestajao kao da ga nije ni bilo, kao da nam se njegovo postojanje samo pričinilo. Polovina đaka je zbog toga bila uverena da Velikić ne žvaće hranu već je guta, što se objašnjavalo neprirodno velikim ždrelom kroz koje se sve što u njega ubaci slivalo kao kroz vodovodnu cev. Najljubopitljiviji učenici koji su u to hteli lično da se uvere morali su da se odreknu pola užine koliko je veliki proždrljivac tražio za dopuštenje da mu se zaviri u grlo. Đaci koji su u školskom dvorištu zavlačili glavu u čeljust zveri bili su doduše manje ugroženi od ukrotitelja u cirkusu, ali su na drugoj strani bili više izloženi poruzi jer su žrtvovali pola užine a da ništa nisu videli. Ne želeći to da priznaju, oni su, opisujući ždrelo Velikića kao krašku jamu, nehotice stvorili mit koji se u školi „Starina Novak“ održao duže od generacije koja ga je izmislila.

Sve se ovo mora znati da bi se razumelo da je za dečake u posleratnom Beogradu „švedski sto“ bio isto tako apstraktan pojam kao širenje vasione ili „kraja sveta“ čime smo se u dokolici takođe zabavljali. Hoću time da kažem kako se u to vreme o hrani govorilo u vrlo određenim kategorijama, svedenim uistinu na hamletovsku alternativu koja je u ovom slučaju glasila: imati ili nemati. Nije, drugim rečima, postojala nikakva mogućnost izbora jer je na stolu bilo samo jedno jelo, koje smo kusali više dana zaredom. Pošto, kako iz toga proizlazi, pojam „zdrave hrane" nije ni postojao, vitamini su preporučivani samo bolesnima što je značilo da se na njih gledalo isključivo kao na lek. Minerali u hrani takođe su bili nezamislivi jer se o njima govorilo jedino u udžbenicima o poznavanju prirode. U to vreme, naravno, niko nije koristio dijetu kao metod za mršavljenje jer su se kilogrami topili zbog oskudice hrane, a ne zbog odricanja od nje. Kad smo tako, na osnovu primera iz svakodnevnog života, shvatili šta su filozofi hteli da kažu kada su nas uveravali kako je „sloboda prihvatanje nužnosti", nije nam bilo teško da naslutimo da je mogućnost izbora nešto sasvim drugo, da joj, drugim rečima, mora prethoditi izobilje koje se u najboljem slučaju može očekivati tek u dalekoj i zbog toga ne sasvim jasnoj budućnosti.

Pošto je, kako je već rečeno, „švedski sto" pripadao toj drugoj vrsti za nas još sasvim apstraktnih sloboda, to su i tumačenja tog pojma imala sličan karakter. Mada parkić kraj škole u kome smo se uveče okupljali nikako nije mogao da se poredi s trgom u staroj Atini, i u njemu su se ponekad čule sasvim neobične, maltene fantastične misli. Jednu od njih je izrekao Neša Kvasac, koji je tvrdio da se „švedski sto" tako zove zbog toga što je izrađen od drveta iz te zemlje. Braneći se od sumnji da tako govori zbog toga što mu je otac stolar, on je ispod džempera izvlačio strane časopise u boji koje nam je poturao pod nos kao neoborive dokaze. Neša je pomenuti džemper nosio i zimi i leti najviše zbog toga što je ispod debele tkanine mogao iz američke ili francuske čitaonice neopaženo da iznese raskošne magazine. Mada, naravno, u njima nismo razumeli nijednu reč divili smo im se zbog finog papira i fotografija u boji u koje smo, sa uzdahom, piljili. Kako je iz njih proizlazilo mladići na Zapadu su u društvu razgolićenih lepotica uglavnom ležali kraj bazena pijući na slamčicu obojena pića ili tamaneći kamare hrane poređane na pravougaonom stolovima zastrtim belim stolnjacima. Pritisnuti činjenicama u boji, morali smo priznati da su na istom mestu zaista poređana mnogobrojna zavodljiva jela ali nas niko nije mogao uveriti da gosti mogu u svima njima da uživaju koliko hoće. Uzalud je Neša Kvasac čitao naglas pisma rođaka koji je u Švedsku emigrirao odmah posle rata. Da se može jesti sve što se poželi, uz to još koliko se hoće, u našu glavu jednostavno nije ulazilo.

Mada smo se, posle više godina, uverili da je nešto tako neverovatno ipak moguće, mnogi od nas smo danak prvobitnim sumnjama još plaćali. Grupa školskih drugova je tako u jednom restoranu u slast posrkala mirišljavu vodicu koja je služila samo za pranje ruku, dok je u drugom isto tako pogrešno zaključila da je ukrasno bilje za stolom takođe hrana. Čak ni oni koji nisu bili u zabludi nisu mogli da odole iskušenju da neprestano proveravaju istinitost tako neobuzdanih sloboda kojima je bilo dopušteno ne samo da se sve proba već i da se uzima u neograničenim količinama. „Švedskom stolu" smo zbog toga u početku prilazili sramežljivo, sa stidom čak, kao da činimo nešto nedozvoljeno, ili bar nepristojno. Kada smo shvatili da nas niko ne posmatra, da je ljude baš briga i šta ćemo i koliko ćemo jesti, i sami smo postali ležerniji i opušteniji, ali nikada potpuno. Kao da nam je do poslednje mrvice utrošeno parče hleba namazano mašću trajno utisnuto u genetski kod, hrana u izobilju nije nas veselila. Mislim da je to zbog toga što nas je opterećivala raznovrsnošću, što će reći tegobom izbora, ali još više zbog toga što nismo mogli da podnesemo da neće biti do kraja pojedena.

Crvena krvna zrnca

Ne mogu da kažem da se u to vreme nije znalo za pojam malokrvnosti. Niko se zbog manjka crvenih krvnih zrnaca ipak nije uzbuđivao niti žurio kod lekara. Možda i zbog toga što je vladalo rasprostranjeno uverenje da bledunjave osobe mogu brzo da se okrepe uvođenjem u jelovnik konjskog mesa. Na malokrvnost se, drugim rečima, nije gledalo kao na bolest već kao na privremenu slabost koja se lako može otkloniti pojačanom ishranom, odnosno u slučajevima upadljive malaksalosti, sočnim, krvavim odreskom.

Lek za „jačanje krvi" se, kako iz toga proizlazi, nije tražio u apoteci već u mesarskoj radnji. Mada je na svakoj pijaci bila bar jedna koja je prodavala konjsko meso, majka je radije išla na Bajlonijevu nego na bližu Palilulsku. Za dalju pijacu se, prema sopstvenim rečima, opredelila zbog toga što je na njoj radio kasapin iz Sefkerina, koji je ne samo bio majčin zemljak već je, kao većina dobrodušnih Banaćana, imao dovoljno strpljenja da sluša zamorne ispovesti mušterija. Znao je, osim toga, da kupce učini zadovoljnim vešto podgrevajući utisak da su dobili najbolje parče. Majka se, zbog toga, redovno vraćala ozarena lica kao da dolazi s crkvene propovedi a ne s pijace. Žureći se da odloži torbu u stranu, izvlačila je iz nje komad još krvavog mesa koji je u visoko uzdignutoj ruci pokazivala kao trofej.

– Vidi samo – govorila je pobedničkim glasom. – U celom Beogradu nećeš naći takvo.

Ma koliko krotko povlađivao, nikako nisam uspevao da je odvratim od monologa u kome je neumereno hvalila svog zemljaka iz Sefkerina, ali takođe bacala drvlje i kamenje na sve druge mesare koji ti, čim se okreneš, „uvale kosku". Ponekad bi, u žaru dokazivanja, još jednom dograbila tek kupljeno meso i mahala njime i doslovno ispred moga nosa. To je činila, kako je govorila, da bih „dobro utuvio u glavu" kako izgleda prava, sveža konjetina za razliku od one koju neupućenim mušterijama začas utrape „svakojaki prevaranti". Nisam, ipak, nimalo siguran da sam, uprkos tako očiglednom i nametljivom podučavanju, u stanju da izaberem pravu vrstu mesa iako mi i danas pred očima titraju nabrekle crvene i bele žilice koje se nadimaju kao pipci živog čudovišta.

Kao i sve druge domaćice u Beogradu, i majka je bila ubeđena da za otklanjanje malokrvnosti nema ničeg boljeg od konjskog mesa. Toliko čak da mu je dodavala izmrvljen vlažan hleb kako krv ne bi previše „ojačala". Mada, kako je već rečeno, u lekovitost „konjetine" nisam sumnjao, podozrevao sam da razloge njene velike omiljenosti treba tražiti takođe u činjenici da je od drugih „finijih" vrsta bila jeftinija.

Bilo kako bilo, konjsko meso je narod prihvatio kao pouzdano sredstvo protiv malokrvnosti, ali i protiv malaksalosti i iznurenosti, dakle maltene kao eliksir čije okrepljujuće dejstvo niko nije osporavao. Pomenuto rasprostranjeno uverenje u potpunosti su delili i lekari, koji se u to vreme nisu mnogo baktali krvnom slikom pacijenata. Hoću da kažem da se čak i kod ozbiljnog manjka crvenih krvnih zrnaca nisu mnogo uzbuđivali. U laboratoriju su, drugim rečima, slati samo oni nesrećnici za koje se sumnjalo da su teže oboleli.

Na koji se način tada utvrđivalo da li je neko malokrvan? U studentskoj poliklinici se to obično činilo „odoka". Lekar je nalagao pacijentu da se svuče do pojasa kako bi ga prvo osmotrio, odnosno procenio da li je i koliko pothranjen. Ako bi, uz to, još uočio da je student bledunjav, posuvratio bi mu očne kapke i, valjda na osnovu njihove boje, zaključio da li je potrebno da krv malo „ojača".

Mene su, zbog mršavosti, uprkos konjskom mesu i majčinoj nezi, redovno slali na oporavak na Zlatibor. Kad god bih se, drugim rečima, zaželeo letovanja ili zimovanja, odlazio sam u Studentsku polikliniku, gde su mi, takoreći još na vratima, pisali uput. Događalo se ponekad, vrlo retko doduše, da me lekar kucka kažiprstom po grudima ili po leđima, tražeći da duboko dišem ili da prestanem s disanjem, ali obično je bilo sasvim dovoljno da me samo pogledaju.

Ni kada su uvedeni ozbiljniji pregledi koji su uključivali i laboratorijske analize, ništa bitno se nije promenilo. Nedostajalo mi je, kako kad, milion ili nekoliko miliona krvnih zrnaca koje sam, po uputu lekara, na Zlatiboru nadoknađivao. Bio je to, ako se tako može reći, prirodan tok stvari isto toliko ustaljen koliko i smena godišnjih doba.

Sem u jednoj prilici, kada su doktori procenili da za oporavak na planini ne postoje razlozi. Da sve bude još neugodnije, upravo tada sam prvi put stvarno poželeo da odem na Zlatibor. Činilo mi se, štaviše, da ću, ako u tome ne uspem, doslovno presvisnuti. Za promenu raspoloženja, a time i odnosa prema uputima iz Studentske poliklinike, kriva je bila moja, činilo se, beznadežna „razboljenost". Ne brinite. Nisam bio ni zdraviji ni bolesniji nego obično. Bio sam, drugim rečima, samo podjednako mršav. Otkuda tada „razboljenost"? Pa jednostavno zbog toga što se, koliko znam, tako naziva stanje u kome je neko toliko zaljubljen da mu se magli pred očima, što će reći da ga pri samoj pomisli na devojku obuzima slabost i malaksalost. Boravak na planini mi je, zbog toga, bio potrebniji nego ikada. Utoliko više što mi se prvi put ukazala prilika da ne putujem sâm.

Ako je u odnosu na ishod poduhvata i bilo neke sumnje, ona se više odnosila na devojku koja je, doduše, bila takođe mršava i bledunjava, ali na manje upečatljiv način. Kada je, otuda, lekar za nju napisao uput za planinu, odahnuo sam sa olakšanjem.

Čudilo me je, doduše, što okleva da i za mene isti takav napiše, ali sam otezanje tumačio rasejanošću, odnosno zaboravnošću. Kada se čekanje, ipak, odužilo, skupio sam hrabrost da upitam:

– A za mene?

– Šta za tebe? – lekar je podigao glavu kao da me prvi put vidi.

– Pa uput, za planinu – promrmljao sam zbunjeno.

Umesto da odgovori tutnuo mi je pod nos papir s rezultatima laboratorijskog pregleda:

– Pročitaj šta ovde piše – više je naređivao nego molio.

Pre nego što sam uspeo da protumačim nerazumljive znake nestrpljivo mi je istrgao papir iz ruke:

– Ovde lepo piše da imaš blizu četiri miliona crvenih krvnih zrnaca.

– Pa šta ako imam? – nisam krio očajanje. – Zar ne vidite kako sam mršav i bled – isturio sam lopatice na leđima kao da se spremam da poletim.

Doktor mi pokroviteljski stavi ruku na rame.

– Na planinu šaljemo samo malokrvne a ne mršave. Nije, prema tome, važno kako izgledaš već koliko crvenih krvnih zrnaca imaš.

– Ali... – pokušao sam da se usprotivim.

– Nema tu nikakvo ali – mahao je nalazom iz laboratorije. – Za momka u gradu krvna slika ti je više nego dobra.

– Verujte mi na reč da mi je planina sada potrebnija nego ikada ranije – pokušao sam da ga umilostivim.

Ništa nije vredelo.

Uzalud sam u sebi proklinjao konjsko meso i još više majčinog zemljaka iz Sefkerina koji je znao da odabere najsočnije, krvavo parče.

Kasno je bilo da se kajem što sam „jačao krv" konjetinom, čak i kada je bila pomešana sa izmrvljenim vlažnim hlebom.

Pokušaj da se našalim takođe nije bio ni od kakve koristi.

– Zar baš morate da računate svako zrnce ponaosob? Kako vas nije mrzelo da brojite do četiri miliona?

Već po tome kako me je pogledao bilo mi je jasno da doktor nije imao smisla za šalu. Još gore od toga: nije imao mašte. Da ju je, najzad, makar malo imao, lako bi razumeo da sam očajničku potrebu za planinom osećao ne zbog malokrvnosti, već zbog ljubavi.

Cipele od prave kože

U kupovinu cipela išli smo svi zajedno. Otac prvi, majka za njim, a ja poslednji. Kada se danas toga setim, mislim da je redosled naopak, ili bar neobičan, jer su cipele, ipak, meni bile namenjene. S druge strane, opet, nije bio bez smisla, jer je otac bio obućar, što znači da se razumevao u kožu. U pravu kožu!

Naglašavam sve to da bi se razumeo karakter kupovine koja je za posmatrača sa strane imala vid kaznene ekspedicije. Tako smo, uostalom, i koračali: u koloni, kao vojnici. U radnju smo ulazili istim redom: najpre otac, zatim majka, i ja na kraju.

Otac je za početni osmatrački položaj (sličnost s vojnom operacijom zaista se nameće) birao obično sredinu prodavnice. Odatle je polako, natenane, merkao rafove sa obućom, dajući mrzovoljnim prodavcima odmah do znanja da je sve što u radnji imaju „obično đubre".

Znajući da će početno ispitivanje potrajati, majka i ja smo strpljivo sedeli na neudobnim drvenim klupicama, pitajući se šta da činimo s kolenima, koja su zbog niskih sedišta, bila u ravni očiju. Otac je za to vreme menjao položaj, prilazeći sasvim blizu rafovima, ili se udaljavajući od njih, i povremeno čak, kao geodet ili slikar, čkiljio na jedno oko.

Kada najzad zastane kod cipela koje su mu privukle pažnju, znao sam da najgore tek počinje. U tom trenutku sam od straha uvlačio glavu u ramena, dopuštajući da mi iz okovratnika, kao kornjači, viri samo čuperak. Majka me je tada obično udarala šakom po leđima, šapućući žustro:

– Šta ti je, uspravi se.

Koliko god me uporno lupkala, nisam je slušao, vireći iz oklopa tek toliko da vidim kako otac iz kartonske kutije uzima prvu cipelu. Znao sam, već po tome kako je posmatra i kako drži u ruci, da je pred teškim iskušenjima.

Tako je zaista i bilo. Pošto bi je najpre dugo posmatrao na način na koji zmija posmatra žabu, otac bi se odjednom bacio na nju. Pokrivao sam, obično, ruke očima da ne vidim kako je savija i isteže, gnječi i lomi kao da je mučitelj a ona žrtva.

Cipela (koja se u to vreme još pravila od kože) sve je to stoički izdržavala, odajući tek samo prigušenim cviljenjem da je stavljena na velike muke. Za razliku od majke, koja se pretvarala da ne vidi ništa neobično, ja sam premirao od straha, plašeći se da će se uzorak u očevim rukama jednostavno raspasti.

To se nekim čudom (bilo čime manjim od čuda nije se moglo objasniti) nije događalo. Cipela se, naprotiv, ma koliko se to činilo neverovatno, u kartonsku kutiju vraćala neoštećena. Uvijena u belu hartiju, ličila je, tako ušuškana, na životinjicu, koja od straha ne daje glasa od sebe.

Proba se, naravno, nije ograničavala samo na jedan par, zbog čega su rafovi s cipelama ličili na vrstu koja se – postrojena za streljanje – bezvoljno prepušta sudbini. Otac je obuću iskušavao na isti način kao i prvi put, bezdušno je gnječeći. Premda neugodno, za njega je neumoljivo isprobavanje onoga što se kupuje, bilo legitimno pravo kupca. On je, drugim rečima, smatrao ne samo korisnim već i nužnim da se upozna s materijalom od koje je cipela sačinjena. Nemilosrdnim savijanjem i rastezanjem nije se, prema tome, izražavala netrpeljivost prema proizvodu obućarskog zanata, istog onog zanata kome je i sâm pripadao, već se samo ispitivala otpornost i elastičnost kože.

Tek kada bi se uverio u njene dobre osobine, prelazio je na drugu fazu, koja se u celini odnosila na izradu cipela, odnosno zanatski deo posla. Ne prepuštajući ništa slučaju, otac je svaku cipelu razgledao sa svih strana govoreći, kao da su zapažanja namenjena sudskom izvršitelju a ne prodavcu, kako je „krojena", „šivena" ili „štepovana", već zavisno od toga da li je izrađena ručno ili mašinski. Samo se po sebi razume da je otac davao prednost ručnoj izradi, vajkajući se glasno kako nema više starih majstora, a time ni dobrih cipela.

Samo ako bi i ova faza ispitivanja zadovoljila njegova stroga merila, obraćao je pažnju i na oblik cipela. Činio je to sa upadljivo manje interesovanja, nekako bez volje. Već i po tome je odavao uverenje, koje uostalom nikada nije krio, da nije važno kako cipela izgleda, već da li je otporna i izdržljiva. Na osnovu takvih estetičkih načela nije teško pogoditi da je prednost davao kabastoj, krutoj obući, koja je najviše podsećala na kade izrađene od tuča. Cipele, kako iz toga proizlazi, nikako nisu smele da budu „moderne", što će reći da su podjednako neprihvatljive bile i „špicaste" i „zatupaste" kao i sve koje se, kako je otac govorio, izdvajaju nekom „kerefekom". Cipele koje nisu ličile na kadu nije, prema tome, podnosio, nije se libio čak da na njima iskaljuje bes, kao da su žive.

– „Pomodarke" – govorio je s prezrenjem, koje je u korenu sasecalo moju želju da se domognem upravo takvih cipela.

Sasvim retko sam mu protivrečio, bez ikakvog uspeha, naravno, jer je otac mojim razlozima protivstavljao ne samo bogato životno iskustvo već i takođe nesporno poznavanje zanata. U jednom trenutku, čak, kada sam i prema majčinom sudu preterao u tvrdoglavosti, otac je posegnuo za kalfenskim pismom u kome je crno na belo stajalo da je majstorski ispit polagao kod Dimitrija Davidovića i Petra Pajića, koji su ortački držali radnju u Ulici kraljice Marije.

– Pa šta? – upitao sam jogunasto.

– Kako šta – zgranula se majka. – Znaš li ti da su to bili prvi majstori?

Pošto je, dakle, i majka stala na očevu stranu, konačno sam shvatio da moje mišljenje neće biti uvažavano, da sam poveden jedino radi probe, takoreći kao nužno zlo. Pomirio sam se, stoga, sa sudbinom, pružajući pokorno stopalo na koje je otac nazuvao cipele – kade.

Pokazalo se, nažalost, da moja bezuslovna, ponižavajuća predaja nimalo nije olakšala tegobnost izbora. Opredelivši se, posle silnih natezanja, za određenu vrstu kože i, sa znatno manje skanjeranja, za „klasičan" model, otac nikako nije mogao da se odluči da li da pazari cipele dva broja ili samo jedan broj veće.

– Detetu raste noga – piljio je u moja stopala, vrteći zabrinuto glavom kao da je rast mogao da prati golim okom.

Strahovanje da je, zbog toga, skloniji cipelama dva broja većim, pokazalo se, nažalost, osnovanim.

Majka je, naprotiv, na moje iznenađenje, odlučno branila mišljenje da je sasvim dovoljno da cipele budu veće samo za jedan broj.

U raspravu bi se često umešao i prodavac, priklanjajući se majčinim razlozima. Da preporuči cipele koje odgovaraju veličini stopala, ni veće ni manje, ni njemu, naravno, nije padalo na pamet.

U sve žustriju svađu ponekad su se uključivali i prodavci iz susednog odeljenja pa čak i prolaznici koji su, privučeni grajom, ulazili u radnju da vide šta se događa.

Moje stopalo je, tako, postajalo predmet neočekivano velike pažnje, ali i žustrog neslaganja. Slučaj je zbog toga morao da se reši na empirijski način – probom – što je praktično značilo da su se svi redom utrkivali da mi navuku prvo jedne, a potom i druge cipele. Morao sam, naravno, više puta da hodam od jednog do drugog kraja radnje, praćen pažljivim pogledima roditelja, prodavaca i slučajnih prolaznika.

– Velike su. Spadaju mi s nogu – žalio sam se.

– Nisi dobro zategao pertle – uveravao me je otac.

Kao dobro dresiran pas prodavac se, na pomen pertli, bacao na cipele krvnički zatežući uzice.

U srazmeri sa sve većom gomilom ispražnjenih kutija, raslo je i moje očajanje. Nije mi, zbog toga, više bilo važno ni od kakve kože su cipele, ni kako izgledaju, ni da li su veće za jedan ili za dva broja. Jedino do čega mi je bilo stalo je da se muke – podjednako i obućine i moje – nekako okončaju. Odlučivši se, zbog toga, za bezazlenu prevaru, uskočio sam u nasumice odabran par cipela (bile su dva broja veće) i s blaženim izrazom lica izjavio kako su mi potaman.

Sitan trik je, začudo, upalio, jer su dotad nepomirljivi protivnici počeli na sav glas jedni druge da uveravaju kako je upravo to broj koji su predlagali.

Pošto ih je još jednom opipao i izgnječio, otac je platio račun i trijumfalno, kao ratnički plen, poneo kutiju s cipelama sa sobom.

U vazduhu je bilo nešto slavljeničko. Nismo baš čestitali jedno drugom, ali smo se ponašali kao da smo obavili bogzna kako važan posao.

Kada sam se sutradan pojavio u školi u novim cipelama đaci su me odmah okružili i – upirući prstom u obuću – okrutno vikali:

– Gledajte čamce!

Razumećete otuda, posle svega toga, zbog čega danas kupujem cipele na brzu ruku, munjevito, takoreći na prepad.

Prethodno, doduše, osmotrim izlog, ali kada jednom uđem u radnju, ponašam se kao kobac. Zgrabim izabrani model, platim navrat-nanos, i izletim napolje. Događa se, zbog toga, da mi prsti udaraju u prednji zaobljen deo, da me žulji ris, ili kruta koža sa strane. Događaju se i druge neprijatnosti, koje me, ipak, ne odvraćaju od običaja da cipele kupujem bez probe.

Trpim bol, ali ga stoički podnosim.

Nenaviknuti na takvo ponašanje, prodavci ponekad istrče za mnom.

– Zar nećete da probate cipele, gospodine?

– Ne – odgovaram odlučno, žurno se udaljujući.

– Ali zašto, pobogu?

– Kompleksi iz detinjstva – vičem, sada već na pristojnoj razdaljini.

Okretne igre

Ne znam u čemu je stvar. Nemam čak nikakvo razložno objašnjenje za neporecivu činjenicu da su, u poređenju sa sadašnjim vremenom, devojke bile prava retkost. I tada su, naravno, postojale, ali kao da su se krile. U celom kraju su, manje-više vidljive, bile samo dve: Ružica, s kojom je „išao" Golub, kome smo svi otvoreno zavideli, i bezimena mlada gospođica čijoj smo se vitkoj figuri svi divili. Za ovu drugu se govorilo da radi u tada jedinom noćnom baru *Lotos*, što pouzdano nikada nije utvrđeno.

Pošto se, kako se iz ovih oskudnih podataka lako može uočiti, obe dame bile van našeg domašaja, trošili smo vreme i snagu na besmisleno jurcanje za loptom. Sve do četvrtka i nedelje, kada su se održavale igranke kod *Lole* i *Lazarca* i leti na *Zvezdinom* na Kalemegdanu. Ne, nije nikakva greška. Mesta na kojima su se u to vreme u Beogradu priređivale igranke mogla su se izbrojati na prste jedne ruke.

Da li je, uopšte, potrebno reći da je na njima bilo manje devojaka nego mladića. Tačnije rečeno: neuporedivo manje. Igranke su, otuda, ličile na igre na sreću, na sportsku prognozu ili loto, na primer, što će reći da je igrača bilo mnogo, a zgoditaka malo.

U praksi je to ovako izgledalo: u sali koju sam najviše upamtio po tome što je imala oblik kifle, malobrojne devojke su, tobože nezainteresovano, sedele na jednom kraju, dok su se mladići tiskali na drugom. Mladića je, kako je već rečeno, bilo mnogo više te je startna pozicija, kao u vreme trke za zemljom na Divljem zapadu ili danas u *Formuli jedan*, bila od velike važnosti. Na prvi takt muzike, kretali smo prema devojkama na način koji je – zbog svoje jedinstvenosti – teško opisati. Nije to bila sasvim jurnjava jer smo nastojali da svome hodu damo ležeran vid, trudeći se opet da do devojaka što pre stignemo. Posmatraču sa strane sve to mora da je delovalo komično, jer se naše stvarne namere, ma koliko prikrivene, ipak nisu mogle sakriti. Da sve bude još neobičnije, nije to bila trka nasumice, u kojoj je jedino važno da se dopre do cilja, već složena operacija. Morali smo, naime, u toku samog kretanja, takoreći u trku, da odaberemo pravu „metu", što će reći devojku koja dovoljno dobro izgleda, a koja, opet, neće odbiti poziv na igru. Kao u svakoj detektivskoj priči i u ovoj je korišćen metod eliminacije, odnosno uklanjanja manje poželjnih ciljeva. Najlepša devojka, prema tome, nije dolazila u obzir, prvo zbog toga što je na nju već polagao pravo neko od dokazanih, takoreći neprikosnovenih zavodnika, ali i zbog toga što su takve devojke bile ćudljive i nepredvidljive, te se nikada nije moglo znati kako će reagovati. Nepoželjne su, svakako, bile i najmanje privlačne devojke, mada zbog brojčane neravnopravnosti ni one nisu loše prolazile. Devojke prosečne lepote su, kako iz toga proizlazi, imale najviše izgleda, jer se od njih očekivalo da poziv za igru prihvate bez preteranog prenemaganja.

Na prvi pogled dobro smišljeni, razložni planovi najčešće, nažalost, nisu uspevali, jednostavno zbog toga što su im svi pribegavali. To je praktično značilo da smo se na skučenom prostoru međusobno sudarali, što je već unapred nagoveštavalo da ni u srcu izabranice neće za sve biti mesta. Mladići koji nisu imali dovoljno sreće vraćali su se pokunjeni preko cele sale, nesrećni zbog neuspeha i posramljeni što su odbijeni pred tako mnogo svedoka. Zbog nejednake ponude i potražnje čak i oni mladići koji su, zadihani, prvi stizali do devojaka, nisu mogli sa sigurnošću da očekuju da će biti izabrani. Ako nisu bili po ukusu uspijuša, bivali su glatko odbijani, uvek sa istim rečima: žao mi je, ovu igru ne igram.

Da su se zaista toga dosledno držale, neuspeh bi se nekako i preboleo. Ali, nisu. Tek što bi im čovek okrenuo leđa one bi se, već sasvim srećne, vrtele u naručju nekog drugog.

Malo ko je sportski podnosio poraz. To je, uostalom, potpuno shvatljivo jer, za razliku od olimpijada, na kojima je važno učestvovati, na igrankama je jedino važno pobediti. Dečaci koji iz prve nisu uspeli povlačili su se zbog toga obeshrabreni, što će reći da su odlazili sa igranke, ili su pak, što je bilo podjednako beznadežno, bezglavo nasrtali na preostale devojke. Ova druga vrsta je takvo svoje ponašanje obično pravdala zakonima matematike, prema kojima izgledi na uspeh zavise od učestanosti pokušaja.

Na igrankama, začudo, ti zakoni nisu važili, jer je više pokušaja samo uvećavalo zbir podjednako bolnih promašaja. Od ponavljanja iste greške spasavali su se jedino mladići koji su bili još dovoljno prisebni da odglume ravnodušnost ili čak nesporazum. Oni koji su „dobili korpu" pretvarali su se tako da na igranku nisu došli zbog devojaka već zbog muzike. Prepoznavali su se po tome što su, tobože zaneseno, buljili u muzičare ili, udarajući šakom u stolicu ispred sebe, podražavali bubnjare.

Znao sam mladiće koji su na kraju uspeli da ubede sebe da na igranku ne dolaze zbog devojaka, i čak i takve koji su tu bili zaista zbog muzike. Nisam, na sreću, podlegao samoobmani. Pošto sam na igranke išao isključivo zbog devojaka, bio sam već dovoljno očajan što odbijaju da igraju sa mnom. Pretvaranjem da uživam u lošoj i nepodnošljivo glasnoj muzici sebe bih izložio samo još većoj i nepotrebnoj surovosti.

Vino di casa

Stono belo je jeftino vino sumnjivog kvaliteta koje po kafanama kupuju samo oni koji sebi ne mogu da priušte ništa bolje. U njemu sam, zbog toga, uvek video otelovljenje siromaštva i bede. Pitao sam se, ipak, zbog čega mi je baš palo u oči stono belo, kada i mnogi drugi proizvodi imaju ista ili slična svojstva.

Razmišljajući o tome, primetio sam da je to u vezi s mestom na kome se troši, ali takođe i s vremenom u kome se to čini. Na takav zaključak uputio me je prizor koji sam, odlazeći na posao, video u ranim jutarnjim časovima. Za još nezastrtim metalnim stolom, vlažnim od rose, sedele su, podbule od noćnog bančenja, zapuštene spodobe. U bokalu pred njima stono belo je imalo pepeljastu boju barica, koje se u sivo jesenje jutro ljeskaju na prljavom asfaltu, takođe pepeljaste boje. Mada nisam zimogrožljiv, stresao sam se od hladnoće, videći kako u rano jutro usamljeni gosti za metalnim stolom nalivaju jedni drugom vino u čaše.

Drugi prizor, koji je na neki način takođe bio u vezi sa stonim belim, za pozornicu je imao periferijsku kafanu uoči Nove godine. Mada je ponoć bila još daleko, mrak je već uveliko pao. Otvoreno govoreći, ni moje raspoloženje nije se moglo opisati nimalo svetlijim bojama. Nisam imao devojku, čak ni društvo s kojim ću zajedno čekati Novu godinu. Imajući to u vidu odluka da svratim u praznu kafanu nije bila razborita, ali ni sasvim nerazumljiva.

Ne može se reći da osoblje kafane, u vidu gojazne, brkate žene kao točioca i na šank oslonjenog usukanog i mrzovoljnog konobara, nije uložilo napor da za tu priliku ukrasi prostoriju. S tavanice su visile girlande rozikastog papira koje su me podsećale na lepljive trake za muve kakve sam, kao dečak, viđao u seoskim kafanama. Prilepljeni uz svod, lebdeli su takođe, i sami začuđeni sopstvenim položajem, raznobojni baloni. Na stolovima, zastrtim stolnjacima s crnim i belim kvadratima, već je bio poređan pribor za jelo, sa uredno savijenim papirnatim trouglastim salvetama, kako je to bio običaj u provincijskim hotelima koji drže do sebe.

Samo jedan gost je sedeo za stolom, a ni on nije ništa jeo. Odgurnuvši u stranu pribor za ručavanje, pio je stono belo, isto onakvo kakvo sam u vlažno, jesenje jutro video za metalnim stolom uličnog restorana. Možda mi taj prizor ne bi pao u oči da stolnjak ispred već pripitog gosta nije bio ispolivan vinom. Da li od mokrog, zgužvanog stolnjaka, da li od groteskno papirnatih ukrasa, da li od svesti o tome da novogodišnje veče zaslužuje vedriji dekor, da li od usamljenosti, da li od svega toga zajedno, osetih kako me, zarivajući mi nokte posred grudi, čereči podmukla zver.

Konobar me je podsmešljivo posmatrao, pitajući, tobože s poštovanjem, šta gospodin želi.

Ne znajući šta želim, i sâm sam se oslonio na šank, stavljajući time do znanja kako sam u kafanu svratio samo slučajno, i da ću iz nje, pošto popijem piće s nogu, ubrzo izaći.

Na konobara, koji se nije dao prevariti, moja tobožnja ležernost nije ostavila nikakav utisak. Interesovao se, naprotiv, još bezočnije i podrugljivije, čime može da usluži gospodina.

Otezao sam sa odgovorom, ne želeći da priznam ni njemu ni sebi da želim jedino da popijem što više kako bih zaboravio da sam u novogodišnjoj noći u društvu s mrzovoljnim konobarom, brkatom ženom točiocem i gostom kome je glava već klonula na izguzvani i od stonog belog vlažni karo stolnjak. Uto mi pogled pade na police iznad šanka, s poređanim flašama raznoga pića. Opredelih se, posle kraćeg razmišljanja, za votku, ne samo zbog toga što mi se činila otmenijom od stonog belog već i zbog toga što sam travke, potopljene u flašu, podsvesno doveo u vezu sa zdravljem, s nečim, dakle, čime se nijedno piće ne može da pohvali.

Konobar je gromko ponovio porudžbinu kao da smo u prostranoj kraljevskoj palati, a ne u skučenoj i uz to praznoj periferijskoj kafani.

Sve što je posle sledilo događalo se u tišini. Ja sam kažiprstom, okrenutim nadole, pokazivao na ispražnjenu čašu, brkata žena – točilac bez reči je nalivala, a konobar, isto tako ćutke, prinosio piće.

Možda bi ta Nova godina, koju sam upamtio po strašnoj glavobolji, izgledala drugačija da sam, ispijajući poljsku votku s lekovitim travkama, uspeo pogled da odvojim od zarozanog i umrljanog stolnjaka ispolivanog stonim belim. Ali nisam.

Primopredaja veša ili mali esej o bojama

Priča o nečemu ličnom i bolnom može se, dakle, napisati kao esej o bojama. O skučenom izboru boja, čak. Ne, znači, o bogatoj paleti, o raskošnim duginim bojama. O samo dve boje, naprotiv. U stvari, o crnoj i beloj. Ne sasvim beloj, više sivoj uistinu. U najboljem slučaju, prljavobeloj.

Počinjalo je redovno crnilom jer smo u potragu za ocem kretali noću. Bolje reći, pred zoru. Pred kapijom sumorne zgradurine u to vreme se već tiskao narod čije se prisustvo, zbog mraka, manje videlo a više naslućivalo. Kako smo se približavali gomili okrenutoj leđima, i zbog toga bezličnoj i zlokobnoj, tako se sve glasnije čulo prigušeno disanje kao da je pred nama sklupčana preteća zver. Znao sam da je takva predstava samo plod razdražene, prerano rasanjene i zbog toga halucinacijama sklone uobrazilje. Bila je, uz to, nepravična jer su ljudi u čija smo leđa zurili poranili kao i mi, samo da bi se raspitali o ukućanima koji su takođe noću odvedeni neznano kud.

Iako svestan toga, nikako ipak nisam uspevao da se oslobodim nelagodnog osećanja da je preda mnom gmizavo čudovište koje se po neravnom tlu ugiba i uvija. Možda ne bih osećao tako veliki nemir da su ljudi koji su čekali pred zatvorskom kapijom bili okrenuti licima ili bar da su se samo povremeno okretali. Neki od njih su, doduše, to i činili, ali toliko retko da je kratkotrajni treptaj beline više ličio na promicanje svitaca nego na dokaz o ljudskoj prisutnosti. Rekao bih čak beživotnih svitaca, iako i sâm znam da je to što govorim besmisleno jednostavno zbog toga što ugasli svici ne svetle. Ne mogu, svejedno, da se otresem tih reči, jer je upravo njima verno opisana slika nečega što se u mraku više naslućivalo nego videlo. Hoću da kažem kako su lica, okružena potpunim crnilom, više srasla s mrakom nego s telom i da su zbog toga podsećala na maske, pozorišne ili posmrtne svejedno, u oba slučaja na nešto veštačko i stoga mrtvo.

Bele mrlje su, slikarskim jezikom govoreći, mogle takođe da se dožive kao kroki, tek započet i jedva naznačen, kao nešto, dakle, što je samo skica mogućeg, ni izdaleka dovršenog i definisanog prizora. Taj prizor je začudo, kao da je deo unapred smišljene namere, bio u savršenom harmonijskom skladu s prorezom beline koji se takođe nakratko javljao i isto tako brzo iščezavao.

Čuvši kako upravo kroz taj prorez dopire osoran glas, shvatio sam odmah da je ono što sam doživeo samo kao vodoravan potez kičicom okance na zatvorskoj kapiji. U to jedino ostrvce beline u okeanu mraka gledali smo zbog toga kao izgubljeni na pučini u svetionik izbavljenja. Ako su se brodolomnici nadali spasenju, mi smo isto tako očajnički žudeli za mirom do koga smo mogli doći jedino saznanjem o tome kakva je sudbina naših najbližih. Kažem sudbina zbog toga što niko od onih koji su sa zebnjom čekali da se okance otvori, nije znao da li je ukućanin koga traže bio tu ili na nekom drugom mestu, da li je zlostavljan ili pošteđen muka, da li je, najzad, zbog čega i govorim o sudbini, još živ. Svi koji su došli da se o tome obaveste otuda su netremice zurili u tamu trudeći se da u njoj nazru pukotinu svetlosti koja će, ni sami nisu znali kako, obasjati njihove bližnje u zatvoru. Mada nikako nisu mogli znati šta će im saopštiti glas „sa one strane" zida, čak ni da li su došli na pravo mesto, nesrećnici su na njega čekali kao na objavu samoga Gospoda.

Dužan sam, naravno, da objasnim kako se u mraku može videti da ljudi pred zatvorom gledaju isključivo u majušni prorez beline. Kako sam, najzad, mogao da znam da im je pogled obojen, bolje reći zamagljen nadom. E pa, nisam znao. Nimalo se, ipak, ne ustežem, ne oklevam nijednoga trenutka da tvrdim kako je upravo tako bilo. Kada, prema tome, kažem kako sam video da ljudi upiru pogled pun nade hoću samo da naglasim kako sam to osećao svim svojim bićem.

I sâm sam zurio u mrak, nadajući se, kao i svi ostali, da ću ponovo ugledati prorez svetlosti. Ako zanemarim nelagodnost dugog čekanja, moglo bi se čak reći da se noćno platno odmotavalo na skladan način. Crna i bela boja bile su ne samo u savršenom kontrastu već je ova druga bila raspoređena sa štedljivošću, strogošću čak koja je mogla da potiče samo od vrlo promišljenog i racionalnog, da ne kažem božanskog duha.

Nisam, ipak, bio na slikarskoj izložbi, čak ni na manje ozbiljnom likovnom događaju, hepeningu, na primer, bilo čemu, najzad, što ima zabavni i neobavezujući karakter. Ako čekanje usred noći da se otvori maleni otvor u zatvorskoj kapiji pripada bilo kakvom umetničkom pravcu to može biti jedino naturalizam koji, u književnosti bar, nastoji da „opiše život onakav kakav jeste bez ikakvog ulepšavanja i doterivanja“.

Pomislivši na to nisam mogao da se ne nasmejem. Šta je, dođavola, moglo da se „ulepšava i doteruje“ u mračnoj, hladnoj noći pred zidovima isto tako sumornog zatvora. Možda, doduše, upravo mlaz svetlosti koji se, kao nožem, zasekao u sámo tkivo noći.

Kako sam se približavao okancu na zatvorskim vratima tako me je obuzimala sve veća uznemirenost. Da me majka nije čvrsto držala za ruku možda bih odustao, pobegao, nazovite to kako hoćete. Plašila me je neizvesnost, strepnja od toga šta će saopštiti čuvar bez lica „sa one strane zida“.

Kao da je pogađala moje misli majka nije popuštala stisak. Stigli smo tako, korak po korak, do kapije zatvora, na čijem se vrhu za trenutak otvorilo prozorče. Majka i ja smo u jedan glas rekli koga tražimo. Imali smo tek toliko vremena da izgovorimo ime pre nego se okance, isto tako naglo, zatvorilo. Nedugo potom blesnuo je ponovo beli otvor kroz čiji nam je prorez poručeno da sačekamo.

Pomerili smo se malo u stranu da bismo oslobodili prolaz do vrata. Primetili smo da nije svima rečeno da čekaju. Nekima je jednostavno saopšteno, bolje reći naređeno, da se vrate kućama. Oni koji su ostali zbili su se u tamnu grudvu za koju se, da nije bilo beličastih oblačića pare, ne bi znalo da je uopšte živa.

Čekajući da se prozorče ponovo otvori, upirali smo pogled u zatvorsku kapiju sa istim onim strahopoštovanjem koje mora da je osećao Mojsije kada mu se na Sinajskoj gori ukazao Gospod. Kada su se, umesto okna, širom raskrilila vrata, zanemeli smo od uzbuđenja. Ne usuđujući se ništa da pitamo, samo smo buljili u otvor kao da će iz njega zatvorenici pokuljati na slobodu.

Umesto bližnjih kojima smo se nadali, u njemu se pojavila samo pletena korpa s prljavim vešom. Sa „one strane zida“ čuo se glas čuvara kako nam strogo nalaže da pokupimo „očeve prnje“.

Vraćali smo se s pomešanim osećanjima. Saznali smo da je otac u zatvoru, što nas, naravno, nije radovalo, ali smo za razliku od mnogih koji su takođe tražili svoje ukućane, bar znali gde je, što nas je makar malo smirilo.

Mrak je, kao proceđen kroz džinovsku cediljku, dobijao zagasitosivu boju. Nismo morali da gledamo u nebo da bismo znali kako nas očekuje tmuran dan.

Sve do kuće smo ćutali ne usuđujući se da zavirimo u korpu na čijem je dnu bio zgužvan prljav veš. Nije bilo teško da se uoči da se majka prema očevim stvarima odnosi kao prema relikviji koju vernici pronose ulicama u vreme praznika.

Ni kod kuće nije odmah pogledala u korpu. Kao da odlaže da se suoči s nečim što će joj otkriti strašnu tajnu majka se dugo presvlačila, duvala u odavno ugašenu vatru, pristavljala čajnik, preduzimala sijaset drugih isto tako besmislenih radnji, samo da bi izbegla neizbežno.

Kada se, najzad, odlučila da iz korpe izvuče očev veš ostala je zaleđena u istom položaju kao pantomimičari na trgovima velikih gradova. Ne dozvoljavajući da priđem korpi samo je procedila kroz zube:

– Idi igraj se.

Nije me, naravno, mogla prevariti. Znao sam da je u prljavom vešu videla nešto što je od mene htela da po svaku cenu sakrije.

Tako sam se, čim sam izašao iz stana, pretvarajući se kako jedva čekam da otrčim do parka, primakao prozoru u prizemlju. Taman na vreme da vidim kako majka razvija košulju na kojoj su se jasno videle mrlje krvi. Ne znajući da je gledam u jednom trenutku je širila tkaninu s crvenim mrljama kao zastavu da bi odmah zatim – uzdišući i jecajući – zagnjurila u nju lice.

Posle bezdana crnila, prošaranog tek pred zoru pramenovima belog, pred očima mi prvi put zatitraše mrlje crvene boje. Zar to nije boja radosti, pitala se već posustala rastrojena svest.

Nisam se, na nesreću, mogao nadati odgovoru jer me je od oca, ili još tačnije od nečega što se moglo zazvati materijalizovanom uspomenom na njega, razdvajao zid. S njegove „druge strane" majka je ridala. Nije me, otuda, mogla čuti kako sam, kao pretučena životinja, i sam neutešno cvilio.

Uzaludno žrtvovanje ćurke

Majka ćurku nikada nije prežalila. Neizostavno ju je pominjala u vreme božićnih praznika i krsne slave, ali je o njoj, bogme, i običnim danima sa uzdahom govorila. Mada su najbliže komšije znale svaku pojedinost tužne istorije, majka nije propuštala nijednu priliku da još jednom na nju podseti.

Ćurka je, istini za volju, i izgledom i težinom zasluživala pažnju, ali je u istoriju Palilule ušla iz sasvim drugih, mnogo ozbiljnijih, takoreći državnih razloga. Kako je živina uletela u priču, u kojoj je glavna tema pasoš, bolje reći nemogućnost njegovog pribavljanja, ni sâm nisam načisto.

Majka je bila mišljenja da je za sve kriva moja, kako je govorila, magareća upornost. Morao sam da priznam kako optužba nije sasvim bez osnova jer je, zaista, sve i počelo mojom željom da vidim Francusku. Za to mi je, pre svega, bio potreban pasoš na koji su, u prvim godinama posle rata, mogli da računaju jedino podanici van svake sumnje. Za svaku putnu ispravu je u to vreme pokretana temeljna policijska istraga, u kojoj su pod lupu stavljani ne samo molilac već i svi njegovi preci i bliži i dalji rođaci.

Kod mene je zapelo već kod prvog stepena srodstva. Pasoš mi je, drugim rečima, uskraćen bez ikakvog objašnjenja. Verovatno bi se na tome i završilo da majka nije saznala da u našem kraju, takoreći u susednoj ulici, živi čovek koji može da pomogne.

Nismo mu odmah prišli. Pre nego što smo mu se obratili, dugo smo ga posmatrali, kao što se posmatra bilo kakva znamenitost, spomenik Kneza Mihaila ili Kalemegdanska tvrđava, na primer. Jednostavno bismo ujutru zauzeli busiju ispred njegove kuće i čekali da se pojavi. Na majku je ostavio dobar utisak zbog toga što je i radnim danom vezivao mašnu, a ispod sakoa navlačio prsluk. Meni se, naprotiv, nije svideo, najviše zbog brkova i ogromnog trbuha preko koga se protezao, kao naheren seoski plot, lanac džepnog sata.

Kada smo mu konačno prišli, nije bio nimalo iznenađen.

Ne moramo ništa da brinemo, bodrio nas je. Ima on uticajne prijatelje koji će „tu stvar" začas da reše.

Majka mu je, kao i obično u takvim prilikama, preko svake mere zahvaljivala, napadno nagoveštavajući kako će se „svakako odužiti".

Možda i zbog toga, primetio sam ljutito, zaostavši nekoliko koraka da ne dobijem po ustima, što bi jedan „fini gospodin" s više ustezanja prihvatio ponudu poklona, bolje reći mita.

Majka mi naredi da kušujem. Ne može da veruje, vajkala se, da opanjkavam čoveka koji tako velikodušno nudi pomoć. Ne sumnjajući nimalo u njegovu dobronamernost, žrtvovanje čak, ona se jedino pitala kako da mu uzvrati.

Lično sam mislio da bi, za izražavanje zahvalnosti, osrednja kokoška bila sasvim dovoljna, ali majka se, pod uticajem komšiluka, opredelila radije za ćurku. Da bi se razumela veličina žrtve, mora se znati da smo u to vreme sebi mogli da dozvolimo, i to sasvim retko, jedino konjsko meso, ne zbog toga što je, kako se govorilo, dobro za malokrvne, već zbog toga što je bilo jeftinije.

Na ćurku smo zato gledali s pomešanim osećanjima, kao na nedodirljivi starozavetni totem, ali i kao na zavodljivu pečenicu koju bismo sami rado slistili. Pretpostavljam da se to videlo na našim licima, dok smo je prinosili za žrtvu važnoj ličnosti, naizmenično je gladeći i potežući za šiju.

Čovek od uticaja je rekao da nije trebalo da se izlažemo trošku, ili tako nešto, ali poklonu se nije opirao. Držeći ćurku za noge, popričao je s nama, stojeći, reda radi, da bi se, praćen ćurlikanjem, užurbano pozdravio i povukao u stan.

Pošto je prošlo desetak dana, zainteresovao sam se za sudbinu pasoša.

– Ništa nije moglo da se učini – pravdao se, šireći ruke, čovek od uticaja.

– A ćurka? – piljio sam bestidno pravo u trbuh, kao da očekujem kako će iz zaokrugljenog bezdana ponovo zalepršati.

Na pitanje, koje je moralo da zvuči prekorno, ako ne i podrugljivo, ništa nije odgovorio, odajući, ipak, uvlačenjem stomaka da se nelagodno oseća.

Čuvši da je žrtva ćurke bila uzaludna, majka je dva dana samo ćutala i uzdisala. Trećega dana, u zoru, otišla je u Crkvu Svete Paraskeve, svoje krsne slave i, nasamo sa svetiteljkom ostala sve do prvoga mraka.

O čemu su se tom prilikom dogovorile, nikada se nije saznalo, ali se, nekako ubrzo posle toga, raščulo da je nemilosrdni tamanitelj ćuraka dospeo u bolnicu. Kada je majka, tobože nezainteresovano, upitala šta mu je, uvek dobro obavešteni susedi požurili su da je izveste kako je tamo zbog „probavnih smetnji".

Nisam imao utisak da je majka zbog toga patila. Ni izdaleka, bar, koliko za žrtvovanom i nikada neprežaljenom ćurkom.

Litar Krležinog belog

Ne znam da li su ista pravila važila za Karaburmu i Dušanovac, ili neki drugi, takođe sirotinjski kraj Beograda, ali sam za Hadžipopovac, u kome sam odrastao, siguran: ništa što je kupljeno za hranu ili piće nije smelo da bude ostavljeno. To, naravno, nije imalo nikakve veze ni s verom ni s praznoverjem. Hrana se morala pojesti do kraja, a piće iskapiti do poslednje kapi, jednostavno zbog toga što je i jedno i drugo plaćeno.

Nikome, uostalom, nije ni padalo na pamet da bi moglo biti drugačije. Deca su, još odmalena, navikavana da pojedu sve iz tanjira i čak – umačući hleb – da pokupe ostatke masnoće. Reči „ostavi malo za mene", koje su se na školskim odmorima često čule, nikako nisu značile poziv da se odustane od hrane, već samo da se ona – do poslednje mrvice – podeli s drugima. Za razliku od današnjeg vremena, tada se, takođe, tačno znalo šta užina označava: dva parčeta hleba slepljena zajedno mašću ili pekmezom od šljiva. Poneko je, doduše, donosio u školu hleb namazan samo s jedne strane, ali je to bilo nepraktično jer se – pakošću zemljine teže – slučajno ispuštena kriška redovno lepila za tlo namazanim delom. Prednost dva parčeta, slepljena u sredini, bila je dakle u tome što je – da bi se strpala u usta – bilo dovoljno da se otrese malo od prašine. Kod jednog parčeta, naprotiv, najdragoceniji sastojci, mast s paprikom ili pekmez od šljiva, bivali su – padom u prašinu – nepovratno izgubljeni. Čak ni u tim, krajnje nepovoljnim okolnostima hleb se nije bacao, već samo čistio, ređe perorezom, a češće grančicom iz parka.

To što je važilo za školsku užinu, još više je važilo za hranu u kafani koju je majka, za razliku od hrane spravljene kod kuće, nazivala „kupovnom". Kao što se užina u to vreme nije pripremala na osnovu posebnih tablica kojima se tačno utvrđuje odnos proteina, skroba, vlaknastih materija, minerala i vitamina, tako se ni restorani među sobom nisu razlikovali. U našem kraju najčuveniji je bio *Orašac*, u koji smo odlazili porodično sa isto tako važnim izrazom lica kao da posećujemo Gugenhajmov muzej ili Metropoliten operu u Njujorku. Naručivali smo uvek isto: ćevapčiće s mnogo luka, litar vina i sifon sode i, najzad, kabezu za mene. U restoran je, posle večere, redovno dolazio i prodavac ušećerenog voća, koji je celu radnju nosio u jednoj ruci. Na drvenom poslužavniku cedilo se – potopljeno u lepljivi sirup – ušećereno voće. Mada je sva izložena „roba" bila privlačna, najčešće smo se opredeljivali za orasnice koje smo u slast – u kafani ili usput – krckali.

Bilo je to vreme u kome se u jelu uživalo. Nije se znalo za dijetu, sem za onu nametnutu novčanim razlozima. Niko se, takođe, nije uzbuđivao zbog škodljivih sastojaka u hrani, niti je ikome padalo na pamet da od nje odustane samo zbog toga što je bila previše masna ili previše slana, na primer. Smatralo se, naprotiv, da je nepristojno da se sto napusti pre nego što se jelo u potpunosti dokrajči. Ako bi se – sasvim retko – tako nešto i dogodilo, konobari su ostatak hrane umotavali u beo papir i davali gostima da ponesu kući. Nisu to činili krišom, niti na brzinu, već naprotiv, otvoreno i ceremonijalno, da svi vide. Gosti se nisu osećali nimalo nelagodno, jer nisu videli ništa nepristojno u nameri da hranu koju su platili dokusure kod kuće.

Sve se to mora znati da bi se, makar približno, zamislilo zaprepašćenje koje me je obuzelo kada sam, prvi put u životu, video kako se u restoranu naručeno jelo i piće ostavlja maltene nedirnuto. Dan kada se to dogodilo bio je sasvim običan. Nisu sevale munje, niti su grmeli gromovi. Nije lila nesnosna kiša. Sijalo je, naprotiv, blago, omamljujuće sunce, koje je prosto mamilo da se krene van grada, u prirodu. I to je potrebno da se zna, kako bi se razumelo da za priču koja će uslediti nije postojao nikakav nadrealistički dekor, ali i objasnilo sticanje obično divergentnih putanja u istu tačku.

Kao što sam već rekao, dan je budio želju da se ode u prirodu. Ušao sam, dakle, u tramvaj koji je vozio do Topčidera. Odatle se do Košutnjaka išlo peške kroz šumu, ili zavojitim putem, sporije i ugodnije. Do restorana *Golf*, na travnatoj zaravni na vrhu, moglo se doći i kolima, koja su obično bila službena. Bašta restorana, sa ogradom od upletenog cveća, bila je u to vreme jedna od najlepših u Beogradu. Musavi i znojavi izletnici su je ipak izbegavali, prvo zbog toga što im je na ponjavama razastrtim na travi bilo udobnije, ali i zbog toga što su se pribojavali urednih konobara u čistim belim bluzama s crnim leptir-mašnama.

Mada se ni po čemu nisam izdvajao od mase sugrađana, toga dana sam osetio potrebu da – umesto na travi u društvu nasrtljivih insekata – sedim ispod raznobojnog suncobrana na pletenoj stolici za stolom zastrtim čistim belim stolnjakom. Prebrojao sam novac koji sam imao: prvo papirne novčanice, a potom i sitniš u metalu. Zaključivši da će biti dovoljno za kafu s kiselom vodom, duboko sam udahnuo i zakoračio u zavodljivu oazu. Pretvarajući se da ne primećuje zbunjenost novodošlog gosta, uglađeni konobar je odmah prineo vinsku kartu i jelovnik, što je moju pometenost učinilo još većom. Pošto sam unapred znao da sebi mogu da dozvolim samo najskromniji izbor, tobožnje udubljivanje u listu jela i pića činilo mi se ne samo neprirodnim već i ponižavajućim. To što mi se natura shvatio sam, otuda, kao posredno stavljanje do znanja kako mi nije mesto u cvetnoj bašti, već napolju, na travi, ili u najboljem slučaju za plehanim šankom neke od okolnih baraka.

Lista cena, morao sam da priznam, nudila je ipak neke pogodnosti. Saznavši iz nje koliko tačno koštaju kafa i kisela voda, nisam morao da strepim kako neću imati dovoljno para da platim račun. Odobrovoljen, zbog toga, s više samopouzdanja sam se upustio u razgledanje bašte. Pogled mi se odmah zaustavio na stolu u neposrednom susedstvu, takoreći tik do moga. Goste za tim stolom – dvoje postarijih ljudi – ne samo da je služilo više konobara već im je povremeno prilazio i šef sale raspitujući se da li su zadovoljni uslugom i da li još nešto žele. Prema mojoj proceni, ne samo da je svega bilo dovoljno već je bilo i previše. Posle hladnog predjela stigla je supa i, odmah posle nje, pečenje s garnirungom i salata. Sve je to zalivano vinom, kome je prethodila kajsijevača, a sledila ga je kafa. Kada sam pomislio da je gozba završena, na red su došli likeri – na moje veliko iznenađenje – različitih vrsta.

Mada sam sva ta pića i jela ponaosob znao, prvi put sam doživeo da ih neko – za jedan obed – sve zajedno poruči. Nastojeći da dokučim ko su gosti koji sebi mogu da dopuste takav luksuz, jedno od njih mi se učinilo poznatim. Prepoznao sam ga po fotografiji s kongresa pisaca, na kome je imao uvodno slovo, ili, kako se to tada zvalo: referat. Bio je to, nisam se mogao prevariti, Krleža. Njegov lik se, uostalom, godinama nije menjao, u toj meri čak da se moglo pomisliti kako se tako ćelav i s podvaljkom i rodio.

Krleža je važio za levičara, ne samo zbog toga što je imao referat na kongresu pisaca već i zbog toga što se družio s generalnim sekretarom Komunističke partije Josipom Brozom. Mada jednakost nisam shvatao tako doslovno kao moj ujak, koji je s kartom za drugi razred, uporno zahtevao da se vozi prvim razredom, mislio sam, ipak, da jedan pravi komunista ne bi smeo da naručuje tako mnogo jela i pića samo za sebe. Možda bih, bez preterane sitničavosti, čak i takvo preterivanje podneo da je Krleža sve što je poručio pojeo i popio. Važan gost ne samo da to nije učinio već je, naočigled izletnika koji su kroz puzavice ruža u letnju baštu zavirivali, hranu samo načeo. U hladnom predjelu su, tako, ostali netaknuti pršuta i sir, pečenje je jedva probano, a bokori salate nisu ni taknuti. Kolači, preliveni rastopljenom čokoladom, takođe su bili pošteđeni. Od vina u duguljastoj flaši s čepom (za razliku od onih litarskih s metalnim zatvaračem), donetoj – s mnogo ceremonijala – u posudi za led od sterlinga, otpijeno je, najzad, samo nekoliko gutljaja.

Pošto su nas tada u školi učili da se u socijalizmu građani nagrađuju prema zasluzi a u komunizmu prema potrebi, mogao sam nekako da shvatim da su potrebe tako poznate javne ličnosti, uz to bliske vlastima, bile velike. Nikako mi, međutim, nije ulazilo u glavu da jedan čovek, makar i glavni izvestilac na Kongresu pisaca i makar preteča komunizma, sme sebi da dozvoli da već poručeno jelo i piće ostavi nedirnuto.

Nepodnošljiva zvučnost opere

U operi sam uživao umereno. Nisam, prema tome, pevušio omiljene arije, kako se to može videti u filmovima o italijanskim iseljenicima u Bruklinu. Nisam, takođe, čekao u redu da bih kupio ulaznicu za gostovanje isluženih tenora u Beogradu. Nisam, čak, slušao ploče s poznatim izvođačima. Nisam, drugim rečima, činio ništa posebno da bih se izdvojio od prosečnih ljubitelja opere, koji su povremeno odlazili u Narodno pozorište ili slušali – uvek isti – bezbroj puta ponovljeni izbor u emisijama „ozbiljne muzike" na radiju.

Operske predstave sam pratio s treće galerije, na koju nas je dobrodušni vratar puštao posle prvoga čina. Ma koliko krivili vrat i povremeno se čak izlagali opasnosti da se sunovratimo u ponor pod nama, s toga mesta, maltene pod samom tavanicom, malo se šta videlo. Tešili smo jedni druge da to i nije važno, jer je opera ionako za slušanje a ne za gledanje.

Na treću galeriju smo, uostalom, dolazili ne samo zbog muzike već i zbog druženja. Među stalnim korisnicima mesta za stajanje najviše je bilo studenata Muzičke akademije, koji su jedini pouzdano mogli da razlikuju predah u izvođenju od kraja arije. Mladi ljubitelji opere s drugih fakulteta čekali su stoga da njihove – muzici vičnije kolege – prve zapljeskaju, da im se, tek potom, revnosno pridruže. To pravilo, naravno, nije važilo za ona muzička dela koja su često izvođena i čije smo najlepše arije, zbog toga, bez većih teškoća od početka do kraja prepoznavali. Dozvoljavali smo, zbog toga, sebi čak i male drskosti, nagrađujući gromoglasnim aplauzom partiju Kavaradosija pre završnog akorda. Događalo se, doduše, da poneko od početnika prevremeno izrazi oduševljenje, ali bi ga šuštanjem partitura i prekornim pogledima „poznavaoci" brzo prizivali pameti.

Nezavisno od razlika u „stručnosti", svi smo se osećali kao deo iste, maltene zavereničke porodice. To praktično znači da smo na treću galeriju gledali kao na statusni simbol, koji je, naravno, imao veću vrednost od partera i čak i od loža. Mada s današnjeg životnog rastojanja nikako ne može da se razume zbog čega bi mesto na stajanju, uz to neplaćeno, imalo prednost nad udobnim foteljama u prvom redu, nije bilo nijednog korisnika treće galerije koji nije s prezrenjem gledao na slušaoce ispod sebe. Iako su – po svojoj prirodi – takvi pogledi trebali da izražavaju samo ležernu i nadmoćnu nezainteresovanost, oni, istini za volju, nisu bili sasvim lišeni ljubopitljivosti.

Sa čuđenjem sam, tako, zapazio da su, za razliku od partera, neke lože bile redovno prazne. Mada se pomenuto otkriće može učiniti potpuno nevažnim, ono će poremetiti ne samo tok priče već i odnos prema operskoj muzici.

U osnovi promene, koliko neočekivane toliko neizbežne, bila je nesrećna ideja da se loža, osim za uživanje u operi, može koristiti i u druge svrhe. Možda mi takva ideja nikada ne bi pala na pamet da upravo u to vreme nisam upoznao privlačnu devojku, koja je – kakva slučajnost – takođe bila ljubitelj opere. Šta je, prema tome, bilo prirodnije nego da joj predložim da zajedno provedemo veče – slušajući muziku. Nisam, pritom, imao nameru da zajedno odstojimo predstavu, jer bi takva žrtva – shvatljiva sa stanovišta ljubitelja umetnosti – bila sasvim necelishodna za oživotvorenje nekih drugih, manje nesebičnih planova. Ko je, naime, ikada video da se neko uspešno udvarao devojci viseći – kao slepi miš – pod tavanicom na prenaseljenoj, te prema tome klaustrofobičnoj galeriji. Ne samo da se na takvom mestu nije moglo razgovarati već se, zbog stešnjenog prostora, osim u položaju biste, nije moglo ni opstati.

Loža je već nešto sasvim drugo. U njoj čovek ne samo da nije izložen pogledima drugih već može takođe da šapuće i čak stavi ruku na rame devojke bez opasnosti da izgubi ravnotežu i stropošta se na glave slušalaca u parteru. U loži su, drugim rečima, i najsmelije ljubavne zamisli bile ostvarive. Smišljajući „pakleni plan" smetnuo sam, avaj, sa uma da ne postoji „savršen zločin", čak ni kada su njegovi sastojci sačinjeni od najzanosnijih melodija.

Ništa, ipak, bar u početku nije nagoveštavalo nepovoljan ishod. Devojka je rado prihvatila ponudu da sluša *Nabuka*. Predlog da se, posle prvoga čina, premestimo s treće galerije u ložu je, posle kraćeg skanjeranja, isto tako usvojila. Činilo se, čak, da je uzbuđuje bezazlena avantura, što je mojim planovima samo išlo naruku. Smestili smo se, dakle, u ložu kao da sedamo na mesta koja smo platili i koja nam, prema tome, punopravno pripadaju. U vrevi, posle prvoga čina, zaista niko nije primetio da je – dotad prazan prostor – popunjen. Malo je takođe bilo verovatno da će se vlasnici karata – ako su uopšte proda-te – pojaviti u pozorištu usred već poodmakle predstave. Nisu, prema tome, postojali razlozi za strahovanje da će nas bilo ko uznemiravati.

Iznenađenje je, bar za mene, došlo s neočekivane strane. Kad god bih zaustio da nešto kažem, grmnuo je hor. Loža je, doduše, bila bliža pozornici nego treća galerija, ali ni u snu nisam mogao da zamislim kako, zbog preglasnih izvođača, neću čuti ni reč sagovornika. Kako je vreme odmicalo, tako sam sve više bio siguran da za nemogućnost dijaloga nije kriva samo blizina orkestra i hora, već i pogrešan izbor opere. Kako mi je uopšte pala na pamet nesrećna ideja da povedem devojku na predstavu poznatu upravo po bučnim horovima?

Mada se iz te pojedinosti može zaključiti kako sam platio danak nedovoljnom muzičkom obrazovanju, pre se može reći da sam bio žrtva sopstvene nesmotrenosti. Nisam, drugim rečima, pridavao va-žnost specifičnostima repertoara jer sam, kako se kasnije pokazalo, pogrešno mislio da zbivanja na sceni s ponašanjem u loži nemaju ni-kakve veze. Imala su, nažalost, i te kako su imala, upravo zbog toga što je preglasno pevanje ometalo moje planove. Kao što sam već pome-nuo, samo što bih otvorio usta, hor bi – kao pomamljen – zaurlao. Po-sle više bezuspešnih pokušaja da nešto kažem, shvatio sam, napokon, da – u nadvikivanju sa stoglavom hidrom – nemam nikakvih izgleda. Tako nešto, uostalom, ne bi imalo ni smisla, jer se žene osvajaju šapu-tanjem a ne vikom. Možete samo zamisliti koliko sam u tim trenucima patio za solističkim, manje bučnim partijama: sopranima, altovima i čak baritonima i basovima. Prevladavali su, nažalost, horovi, ne tako trijumfalni kao u *Aidi*, ali dovoljno kočoperni da popune celokupan zvučni prostor relativno male sale Narodnog pozorišta. Uzalud sam otvarao usta, jer se iz njih – kao kod ribe na suvom – nije čuo nikakav zvuk. Mogao sam, doduše, da se nadam da ću – makar razjapljenih čeljusti – pre podsećati na pantomimičara nego na šarana, ali je takva – svakako povoljnija mogućnost – i dalje bila daleko od prvobitnih planova.

Da sve bude još gore, devojci horovi nisu nimalo smetali. Ona je, naprotiv, jasno stavljala do znanja ne samo da uživa u njima već i da joj moji pokušaji da joj odvratim pažnju smetaju. Otklanjala ih je, prvo molećivim, a potom sve više prekornim i ljutitim pogledima. Da sam u tom trenutku znao da je moja izabranica bila zvezda horske sekcije kulturno-umetničkog društva „Krsmanović", ne bih toliko istrajavao. Ali nisam! Tako sam počinio drugu grešku. Ne uspevši da obuzdam negodovanje zbog preglasnog pevanja odvratio sam devojku od sebe. Nije mi, prema tome, preostalo drugo nego da zaključim kako poziv da zajedno slušamo *Nabuka* nije prihvatila zbog toga što sam joj se sviđao, već iz ljubavi prema muzici. Da li je uopšte potrebno reći da sam, od tada, izgubio svako interesovanje za operu. I više od toga, postala mi je nepodnošljiva, naročito ona s horovima.

Miris parfema i četinara

Ne sećam se više koliko je trajalo putovanje prugom uskog koloseka od Beograda do Dubrovnika. Možda čak ceo dan i celu noć. U svakom slučaju dovoljno da se putnici nadime i spolja i iznutra kao da su u sušari, a ne u putničkom vozu. Mada sam u bezbroj tunela na toj pruzi umesto vazduha udisao gar, bio sam iznenađen kada sam na peronu železničke stanice u Dubrovniku iskašljao kao ugalj crni ispljuvak. Imajući u vidu nagomilanu čađ, koja se, pomešana sa znojem, na dugom putu pretvorila u neku vrstu skrame, mogao sam da pretpostavim da ni spolja nisam izgledao ništa zanosnije. Iz voza sam, drugim rečima, izašao musav i prljav.

Nimalo neobično, najzad, za putnika koji u prepunom vagonu putuje na more po najvećoj žezi. Za razliku od drugih, isto tako neuglednih pridošlica koji su žurili u hotelske sobe da pod tušem speru sa sebe prljavštinu, ja se nisam mogao nadati skoroj promeni nabolje ličnog opisa.

Na more sam, kako iz toga proizlazi, došao bez obezbeđenog smeštaja u nadi da ću se uvući u neko od studentskih prihvatilišta, o čijim sam koordinatama takođe imao tek nejasnu predstavu. Mogao sam, prema tome, da se upristojim jedino na usamljenoj gradskoj plaži spirajući u morskoj vodi i čađ spolja i gar iznutra.

Krenuo sam, otuda, nasumice prema obali, tražeći skrovito mesto na kome ću, neometano od lokalnih kupača, moći da se svučem i dobro operem. Našavši, brže nego što sam očekivao, upravo takvu plažu, poređao sam stvari na stenu i bućnuo se u more. Frktao sam od uživanja otirući sa sebe prljavštinu da bih se, kao da sam pročišćen u svetoj reci Jordan a ne u slanome moru, blaženo opružio na suncu.

Kada sam, tek predveče, krenuo u grad, osećao sam se mnogo bolje. Kao da sam, postavši ponovo čist, bio rasterećen i od drugih briga, nisam više mislio ni na to gde ću da spavam, a još manje kako ću da se hranim. Koračao sam, naprotiv, poletno i čilo kao da me očekuje soba u hotelu s pet zvezdica a ne klupa u gradskom parku.

Ni sâm ne znam kako, obreo sam se u delu grada u kome se raskošni hoteli smenjuju s lepo uređenim kućama za odmor i brižljivo negovanim vrtovima. Možda to ne bih ni primetio da me nije zapahnuo miris mediteranskog bilja pomešan sa isto tako opojnom smolastom svežinom četinara. Nozdrve mi je nadraživao još jedan miris čije sam poreklo odgonetnuo tek kada je pored mene prošla lepotica zagasitotamne kose i ljubičastih očiju.

Udišući požudno isparenje borova i parfema, kao da mi od njih život zavisi, kao da mi je na glavu nataknuta maska s kiseonikom, svim svojim bićem sam osećao da sve to nema mnogo veze s mirisima. Sa čime onda, pitao sam se, naslućujući da su mirisi tek samo eterični vid nečega što se u zbrkanoj svesti javlja kao maglovito granično stanje. Na jednoj strani još ne sasvim uobličene zamišljene međe prepoznavao sam posustali i zadihani voz, gar u plućima, čađ koju sam razmazivao po znojavom licu, sendviče od bajatog hleba, tvrda, neudobna sedišta, vonj neispavanosti, stono belo u usputnim staničnim restoranima sa ispolivanim i prljavim stolnjacima. Na drugoj strani zamišljao sam, isto tako razgovetno, snežnobele prekrivače u isto tako belim, čistim hotelima, skupocene automobile s podignutim krovom, jahte u pristaništu i, najzad, razgolićene devojke s nakitom od bisera i korala na preplanuloj koži.

Miris parfema i četinara mogao se, dakle, predstaviti kao statusni simbol, kao otelotvorenje nekog drugog sveta kome ne pripadam i u koji sam slučajno zalutao. Hodao sam dugo granicom razdvajanja, povremeno čak balansirao, jedva održavajući ravnotežu kao da koračam po gimnastičkoj gredi ili zategnutoj žici, s koje se svaki čas mogu okliznuti i pasti na pogrešnu stranu.

Od ošamućenosti sam se povratio tek u gradskoj vrevi prepuštajući hordama turista da me kao brodsku olupinu nose prema nekoj novoj nepoznatoj obali. Kada sam se, napokon, naslonio na postolje česme ili možda spomenika da se malo odmorim, mirisi parfema i četinara u potpunosti su iščezli. Udisao sam, umesto njih, pijana isparenja koja su kuljala iz grla razdragane svetine zajedno s pesmom i preglasnim dozivanjem.

Oslonjen na još vruću kamenu ploču posmatrao sam šaroliku karnevalsku gomilu najpre zanimanjem, potom sa zasićenošću i, najzad, s klonulošću. Iz stanja maltene potpune obamrlosti prenuo me je blag dodir. Pomerio sam se verujući da neko, poput mene, takođe traži predah. Kada se dodir ponovio podigao sam glavu da vidim ko se tako uporno bori za malo prostora na stepeništu.

Ugledao sam mladu, preplanulu ženu u belim pantalonama i isto takvoj beloj majici ispod koje su se jasno ocrtavale čvrste grudi. Oko vrata je imala nisku od purpurnog korala a oko zglavka noge zlatni lančić. Nedostajao je još samo miris četinara ali je zato miris parfema potisnuo isparenja stonog belog i svih drugih jeftinih vina.

Ne znam kako sam je gledao. Siguran sam da nisam bio ni nametljiv ni neprijatan. Možda samo začuđen.

Dugo smo sedeli oslonjeni jedno na drugo. Kada je sat na zvoniku otkucao dvanaest ili ponoć, što zvuči uzbudljivije, ponudila je da me svojim kolima odveze u hotel.

– Nisam u hotelu – rekao sam snužpeno.

– Svejedno je, odvešću vas tamo gde ste odseli.

Ničim nisam odavao da se prvi put u životu vozim kabrioletom s kožnim sedištima.

– Kuda ćemo? – upitala je poslovno.

– Vozite ukrug – zamolio sam.

Mlada žena se razdragano nasmeja.

– Nikada dosad nisam čula takvu želju.

Dok je jednom rukom sigurno upravljala a drugom tražila muziku na radiju, krišom sam je posmatrao. Na lepom licu titrao joj je pomalo podrugljiv ali i dovoljno dobrodušan osmeh. Nikako nisam uspevao da obuzdam pogled koji je uporno klizio ispod ogrlice od purpurnih korala do nabujalih grudi ispod isto tako nabrekle majice.

– Možda bi ipak trebalo da vas odvezem tamo gde ste odseli – pokazala je na skalu s benzinom koja je bila na nuli. – Ovde pumpe s gorivom ne rade preko noći.

– Da li imamo benzina za još jednu vožnju? – upitao sam molećivo.

– Biće za toliko – još jednom se s razlogom zakikotala.

– Krenimo onda!

Dodirnula me je nežno kao kada je sela do mene u podnožju česme ili možda spomenika.

– Kuda ćemo, dakle?

Pre nego što sam odgovorio, zatvorio sam oči:

– Tamo gde se oseća miris četinara.

Dirke klavira

Posle više meseci dovijanja došlo je vreme da se oprostim od klavira. U muzičkoj školi, doduše, još ništa nisu primećivali ali sam ja dobro znala da je kraj neizbežan. Pomislila sam čak s ponosom da je pravo čudo da sam se i toliko održala.

Ne bih želela da me pogrešno razumete. Nisam imala ništa manje dara od svojih vršnjaka. Ni volje mi nije nedostajalo. Trudila sam se, naprotiv, više od drugih. Zbog čega sam tada posustala? Šta me je tako čvrsto, bolje reći neopozivo, upućivalo na zaključak kako je sve, ipak, uzaludno?

Dirke klavira, pre svega. Osećam dok ispisujem tih nekoliko reči da nije dovoljno tek tako reći: dirke klavira. Potrebno je, neophodno čak, makar nakratko objasniti kakve veze one imaju sa odustajanjem od muzike.

Daleko od toga da pomenute dirke nisu bile upečatljive, na poseban način čak lepe i uzbudljive. Sve su bile iste veličine. One crne su se jasno izdvajale od belih. Šta je u tome neobično, upitaćete. Zar nije prirodno da su dirke klavira iste veličine i da se crne razlikuju od belih? Smesta ću odgovoriti da u tome zaista nema ničeg neobičnog. Pod samo jednim uslovom: da su izrađene od slonove kosti ili, kako se u poslednje vreme sve češće čini, od plastike.

Dirke klavira o kojima govorim nisu bile sačinjene ni od jednog ni od drugog. Tačnije još: ni od kakve čvrste materije. Od čega tada? E pa, pripremite se za iznenađenje. Dirke klavira na kojima sam vežbala bile su izrezane od papira. Kako je to moguće? Lepo. Uzme se veliki tabak hartije i na njemu nacrtaju dirke u prirodnoj veličini. Uverićete se, ako pokušate, da to nije neizvodljivo. Znam da će ovo što ću sada reći ličiti na tehničko uputstvo, ali je za takav poduhvat zaista dovoljno da imate lenjir i olovku. Jednom na hartiji, ostaje još da se dirke klavira oboje u crno. Ne sve, svakako, već samo one koje su i na klaviru u istoj boji.

Ali čemu sve to, pitaćete. Radi vežbanja, naravno. Za šta drugo? Ali zar za vežbu ne služi klavir, ponovo ćete se s razlogom začuditi.

Svakako da služi, ali samo kod onih koji ga imaju. Pretpostavljam da sada već naslućujete da sam dirke nacrtala na papiru zbog toga što nisam imala klavir.

Ne mogu da kažem da se roditelji nisu trudili da ga nabave. Povremeno su ga čak iznajmljivali. Pratili su takođe novine u kojima je oglašavana prodaja polovnih pijanina ali im je kupovina redovno za malo izmicala, bilo zbog toga što nisu imali dovoljno novca bilo zbog toga što bi ih neko preduhitrio. Na kraju su, što se moglo očekivati, digli ruke od klavira.

Morala sam, prema tome, da vežbam na nečemu što je na dirke najviše ličilo. Mada su, kako je već rečeno, one nacrtane bile istovetne sa onim izrađenim od slonove kosti ili od plastike, imale su krupnu, bolje reći neotklonjivu manu: nisu proizvodile nikakav zvuk.

Kako sam onda vežbala na njima? Služeći se maštom ili još određenije onim što sam zapamtila u muzičkoj školi. Pošto sam tamo vežbala na pravom klaviru, časove sam koristila za skladištenje građe koju sam potom kod kuće, prema potrebi, trošila. To je i bio razlog moje velike usredsređenosti koju su profesori, ne uspevajući ponekad da me dozovu, pogrešno tumačili nedovoljnom pažnjom i odsutnošću. Da su samo znali koliko sam se trudila. Koliko sam bila gluva za sve osim za zvuk klavira.

Ni danas nisam u stanju da o tome govorim bez uzdaha, bez neke vrste sete od koje gotovo malaksavam. Moram, ipak, da se nasmejem kad se setim kako sam na povratku kući sa časova klavira držala kruto glavu, strahujući da ću, ako je samo malo pomerim, istresti dragoceni muzički tovar. Znala sam naravno da na taj način samo privremeno odlažem neizbežan kraj. Na zaključak da se neumitno približava upućivao je i sve obimniji repertoar koji sam, pazeći da ne pomeram glavu bez potrebe, do kuće pažljivo nosila. Do očajanja me, ipak, nije toliko dovodila sve veća količina muzičkog gradiva koliko nemogućnost da na dirkama od hartije materijalizujem makar jedan zvuk. Mada sam sa zanosom udarala po njima, njihova jeka mogla se čuti jedino u mojoj glavi. Muziku, čak i tako, nisam slušala već samo zamišljala.

Zbunjenost pred lažnom klavijaturom nije bila samo tehničke prirode. Nisam se, drugim rečima, loše osećala samo zbog odsustva uvida u to koliko snažno treba da pritiskam papirnate dirke. Postojalo je još nešto mutno i maglovito i zbog toga preteće i zlokobno. Mada tada nisam razumevala razloge nelagodnosti danas sam sklona da ih tumačim kao neku vrstu pobune jednog dela moje ličnosti protiv pretvaranja i glumljenja, protiv nečega, dakle, što nije sasvim prirodno.

Moglo bi se, naravno, sve obrnuti i predstaviti kao čin požrtvovane borbe za muzičke ili, što još otmenije zvuči, umetničke ideale, za nešto, znači, što gotovo liči na herojsku epopeju iz doba romantizma ili nekog drugog takođe viteškog razdoblja. Mogla sam sebe da zamislim i kao žrtvu socijalnih prilika, kao glavnu ličnost romana koji je mogao da napiše Zola ili Gorki, ali i kao junakinju sladunjave holivudske priče u kojoj darovita devojka savlađuje sve, čini se nepremostive prepreke, da bi u poslednjem, završnom prizoru trijumfovala u nekoj svetski poznatoj koncertnoj sali, *Karnegi holu*, na primer.

Nijednu od pomenutih zamišljenih slika nisam mogla da prihvatim jednostavno zbog toga što nije odgovarala ni stvarnosti ni mom duševnom stanju. Ne mogu, naravno, reći da nisam patila. Da se nisam zaključavala u kupatilo i dugo cmizdrila. Ne mogu, opet, ni da tvrdim da je rastuženost dugo trajala. Veselost i potištenost su se, naprotiv, smenjivale na isti način na koji se u ćudljivim prolećnim danima smenjuju sunce i kiša. Hoću da kažem da nisam bila srećna zbog predstojećeg kraja, ali da rastanak s muzikom – podjednako na stvarnim i lažnim dirkama – nisam doživljavala kao smak sveta. Umesto očajanju, prepustila sam se inerciji. Mogla sam čak sebe da zamislim kao predmet koji pluta maticom i koji će voda pre ili kasnije izbaciti na obalu. Nisam se, drugim rečima, previše batrgala. Ne, nimalo nisam ličila na davljenika koji se grozničavo bori da bar za trenutak odloži potonuće.

Stvari su, drugim rečima, išle prirodnim tokom. Vežbala sam na stvarnim dirkama u Muzičkoj školi i na papirnatim kod kuće, ali bez grča, bez opterećenja da to mora večno trajati. Kada sam, kako vele stari ljudi, osetila da je kucnuo poslednji čas, zavila sam u rolnu papirnate dirke i odnela ih kod staklorezca da ih urami.

– Nije baš neko umetničko delo – majstor nije krio šta misli o crno-belim dirkama.

– Kada biste samo znali koliko jeste – uzdahnula sam i čak krišom obrisala šakom oči.

Staklorezac me je čudno pogledao ali se uzdržao od novih primedbi. Iz iskustva je, najzad, znao da o ukusima ne vredi raspravljati.

Pokazalo se da i kod kuće imaju isto mišljenje. Uramljene papirnate dirke koje su jedva stale u dugi i uzani stakleni pravougaonik nisu im delovale ni skladno niti likovno privlačno.

Sa ukućanima se nisam raspravljala. Ćutke sam zakucala uramlje-nu sliku na zid naspram kreveta. Mogla sam tako ležeći da prebiram po dirkama klavira, da čak sama sebi priređujem koncerte. Niko ni-šta nije čuo ni kada sam iz sve snage udarala po njima, jer se njihova čudotvornost i sastojala u tome što je zvuk, čaroban zvuk papirnatih dirki, postojao samo za mene.

Predeli detinjstva

Da sam ušao u pogrešan autobus shvatio sam tek kod Vukovog spomenika, kada je vozilo umesto da skrene u Ulicu kraljice Marije produžilo Grobljanskom. Mogao sam, najzad, da pretpostavim da to veče neće biti sasvim obično i po tome što su mi prvo pali na pamet stari nazivi ulica a ne sadašnji, za koje sam uvek mislio da su neprilični. Prva prilika da izađem iz autobusa pružila mi se tačno pred grobljanskom kapijom od kovanog gvožđa koja je u to vreme već bila zaključana. Kroz rešetke se nazirala šuma spomenika koja se blago penjala prema Zvezdari.

Koliko sam samo puta prošao tom stazom, pomislio sam odsutno, pitajući se da li da sačekam autobus u suprotnom pravcu ili da se kući vratim pešice dijagonalnom linijom koja bi presecala Hadžipopovac i veći deo Palilule. Kada sam se, posle kraćeg kolebanja, odlučio za ovu drugu mogućnost nisam mogao da znam u šta se upuštam. Nisam zapravo ni slutio da će vraćanje kući, zamišljeno samo kao nešto duža šetnja, biti povratak u detinjstvo, ali i uranjanje u žitku masu sećanja koja, kao u mešalici za beton, nije još dobila čvrst i određen oblik.

Osećao sam se, zbog toga, u isto vreme i uzbuđeno i uznemireno.

Kako sam se, dođavola, uopšte ovde našao, pitao sam se kao da sam na ivičnjak detinjstva dospeo ne samo iz nekog drugog dela grada već i iz drugog sveta, možda i različitog vremena. Takvo osećanje je bilo utoliko čudnije jer sam kroz najveću gradsku vrevu preko Vračara i Kalenić pijace tek prispeo s Pašinog brda (i u ovom slučaju je stari naziv potisnuo novi). Ne naglašavam slučajno budnost (neku vrstu vašarišta čak) krajeva kroz koje sam prošao, zbog toga što je upadljivo odudarala od sablasno tihe četvrti oivičene grobljima (Novim grobljem i grobljem Oslobodilaca Beograda) u koju sam dospeo.

Mogao sam, naravno, da odustanem od mučnog preispitivanja, utoliko pre što mi se nudio sasvim jednostavan odgovor: ovde sam zbog toga što sam ušao u pogrešan autobus. A ipak, može li se samo time objasniti da sam u kraju u kome nisam bio već godinama? Postoji, najzad, sijaset autobusa koji razvoze putnike na sve strane grada. Otkuda da se nađem baš u onom koji me vraća u detinjstvo?

Odvrćem film unazad. Na Pašinom brdu sam posetio grafički atelje da vidim kako će izgledati naslovna strana knjige u kojoj sam, prekopavajući takođe po sećanju, pokušao da ponovo sazdam očev život. Da li se samo slučajem može objasniti da sam neposredno posle uvida u završni štamparski deo *Krpljenja paučine*, kako sam nazvao roman, ušao u pogrešan autobus? Da li se takođe samo slučajem može objasniti da me upravo taj autobus doveze, od svih mogućih odredišta, upravo do kraja grada u kome sam rođen i u kome sam, u romanu bar, razgrtao očeve tragove?

Da li, između naizgled nepovezanih događaja, postoji ipak neka tajna veza, pitao sam se uzbuđeno, prisećajući se da sam u Rimu nabasao na Crkvu istinitog Isusovog krsta upravo kada sam o njemu pisao, baš kao što mi je kapela Svete Paraskeve u Atini pomogla da u spletu zamršenih ulica u udaljenom predgrađu nađem pravi put. Ne može se pak sve tumačiti samo slučajem, govorio sam sâm sebi trudeći se ipak da ne podlegnem sujevernoj praznoverici, ali ni oholoj samouverenosti koja za svaku, ma koliko neobičnu pojavu nalazi racionalno objašnjenje.

Mada me je nametnuta nepristrasnost već dovoljno opterećivala, promene u starom kraju su ionako zbrkanu svest učinile još haotičnijim. Gotovo da više nisam prepoznavao periferijske uličice u kojima sam odrastao, s čijih sam se neravnih i prašnjavih kaldrma sa isto tako goluždravim vršnjacima otiskivao u „pravi grad", ili bar u ono što smo u detinjstvu mislili da on jeste. Ne samo da je asfalt zamenio kaldrmu već su i stare prizemne, trošne kućice zamenjene glomaznim betonskim zgradurinama ili isto tako odbojnim stovarištima i skladištima. Poneke od udžerica su, na sreću, sačuvane. Kao da su se stidele svog skromnog porekla, sve odreda su bile šćućurene između većih zgradurina koje su ih i doslovno gušile.

Ako su se neke grčevito upinjale da prežive, druge su maltene digle ruke od svake borbe prepuštajući se i doslovno sudbini. I jedne i druge su brojale poslednje dane. Nisam u to nimalo sumnjao ne zbog toga što su bile tako majušne (i kuće na Hračanima su male, pa su ipak sačuvane, maltene umotane u šušteći, šareni papir, vezan vrpcom kao bombonjere), već zbog toga što su tako pohabane i naherene ostavljale utisak nečega iznemoglog i zanemoćalog i u tom stanju ostavljenom da crkne kao pregaženo pseto.

Možda i zbog toga, hvatao sam se očajnički kao davljenik za pojas za spasavanje za naherene i da ne bi pale poduprte crvotočnim drvenim stubovima kućice. Takve kakve su bile su ne samo poslednje materijalno uporište sećanja na detinjstvo već i neka vrsta dokaza za koji sam, tražeći predah, mogao da vežem već posustali brod.

Iako su uz to bile i trošne, jedini su sačuvani trag i vodič u lutanju prostranim i neistraženim predelima detinjstva.

Znao sam, naravno, da je u kući na uglu Albanske i Bistričke živeo Pera piljar s bar tuce dece koje je ishranio prodajom voća i povrća. Tu negde u blizini je živeo i Muja kasapin, koji je išao isključivo u papučama. Pomišljam, smešeći se, kako mu cipele i nisu bile potrebne jer je, koliko se zna, *Palilulska kasina* bila najdalja kota do koje je s Hadžipopovca dospeo. Zastao sam, takođe skrušeno, pred kućom Dragog električara, koga sam najviše zapamtio po urednom odelu sa obaveznim prslukom iz koga je virio lanac džepnog sata.

Nije to, ipak, bilo lagodno krstarenje jer su oaze prizemnih kućica bile ne samo retke već i neravnomerno raspoređene. Sećajući se šta je sve prekrila betonska skrama osećao sam se, otuda, kao u Hirošimi. Gazio sam po otiscima, ponekad i po senkama. Po senkama mrtvih, svakako, jer su mnogi od onih kojih sam se sećao bili već pokojni. Neki od njih prerano kao Toša, na primer, koji je stradao trčeći za vozom. Na deonici od samo stotinu metara čak više njih, cela jedna generacija zapravo, koja je pomrla zbog preteranog pića ili zbog nezadovoljstva životom, što mu dođe na isto.

Lutajući nasumice bez čvrstoga plana, naslućujem da se krugovi sužavaju, da se gotovo sudbinski svode na petlju, na omču za vešanje takoreći. Iako neukusno i možda neprilično, to poređenje ipak nije sasvim neosnovano. Da posle toliko godina zavirim u kuću u kojoj sam se rodio, moram zaista da proturim glavu kroz krug, kroz bilo šta, najzad, što me vraća na sâm početak. Mada sam po osvetljenom prozoru zaključio da u njoj neko živi, činilo mi se da će se svakoga trenutka tu, preda mnom, srušiti. Pomislio sam zbog toga da bih morao češće da joj se vraćam iz istog onog razloga iz koga je Somerset Mom svuda sa sobom, čak i na daleka putovanja po svetu, nosio okrnjenu šolju za čaj.

Škola „Starina Novak", čiji sam svaki kutak poznavao, ne samo zbog toga što sam u njoj učio već i zbog toga što sam se u njoj, posle časova, s poslužiteljevim sinom igrao, ne izgleda više tako velika. Kao da je, s protokom vremena, postala saglediva, njeni pusti i nekada tajanstveni hodnici ispunjavaju me više tronutošću nego uzbuđenjem i strahom.

Tu i tamo se pojavljuju likovi dečaka, devojčice u koju smo svi bili zaljubljeni, strogog ali pravičnog učitelja, čak i guste obrve upravitelja, ali se isto tako odmah raspršuju kao da ih plaši jeka koraka u pustom, praznom prostoru.

S crvotočnog trema posmatram visoki zid koji je delio školu od dvorišta fabrike sirćeta čiji smo vonj osećali ali u koju nikada nismo smeli da zavirimo. Plašila nas je gazdarica strogim izrazom lica i pompeznim držanjem koji je toliko pristajao njenom punačkom stasu da sam u njoj, kad god bi neko pomenuo *Titanik* ili *Kvin Meri*, video sámo otelovljenje otmenih, velikih brodova. Od iskušenja da se „ušunjamo" u dvorište puno buradi, balona i levkova i još manje u valjkastu, misterioznu zgradu odvraćali su nas takođe ćutljivi i nabusiti radnici, što je samo išlo u prilog među đacima rasprostranjenom verovanju da se u njoj ne spravlja sirće već tajanstveni, opasni napici koji mogu da omađijaju pola grada. Nikada se, zbog toga, nismo usudili da preskočimo zid uvereni da je već dovoljna hrabrost što se na njega penjemo.

Preko puta škole, na početku Dalmatinske ulice, sačuvane su – i to u nizu – prizemne kućice. Pitam se kako su uspele u tome? Kako su odolele? U iskušenju sam čak da zakucam na vrata bilo kog stana u dvorištu ali znam da je to uzaludno, besmisleno čak, jer drugovi iz detinjstva više ne žive u njima. Tešim sebe da je i to nešto, jer je isto tako prizemna kuća na uglu Starine Novaka i Knez Danilove u kojoj sam odrastao srušena. Nema je, kao da nikada nije postojala.

U Dalmatinskoj je začudo, kao da je pod zaštitom države, mada, istini za volju, ne liči baš na spomenik kulture, sačuvana kafana u istom stanju kao pre nekoliko decenija. Zurim kroz prozor popljuvan muvama u malu, pravougaonu salu koju osvetljava jedino čkiljava sijalica s tavanice. Jedva, zbog toga, nazirem stolnjake ispolivane stonim belim i neispražnjene pepeljare sa opušcima od jeftinog duvana. Mada, priznajem, nije baš scenografija za Šekspirove komade u njoj smo ipak, uz rakiju i pivo, otpatili sve ljubavne drame mladosti.

Koliko će još dugo opstati, pitam se dok se penjem stepenicama na šesti sprat (lift ponovo ne radi) više rastuženo nego zabrinuto, predeli moga detinjstva?

– Gde si, zaboga? – zagledaju me ispitivački.

– Što te tako dugo nema?

– Odakle dolaziš?

– Izdaleka – odgovaram zamišljeno.

Iz njihovih začuđenih pogleda vidim da očekuju iscrpniji odgovor, ili makar kakvo takvo razložno objašnjenje.

– Izdaleka – ponavljam još jednom. Šta drugo zaista mogu da kažem?

Beleška o autoru

Dušan Miklja rođen je 1934. godine u Beogradu. Školovao se u istom gradu. Diplomirao je na Filološkom fakultetu na Grupi za engleski jezik i književnost. U životu se najviše bavio rečima kao profesor, prevodilac, novinar i pisac. Vračara mu je prorekla da će mnogo putovati, što se obistinilo. Bio je u međunarodnim snagama koje su čuvale mir na Sinaju. Izveštavao je, kao stalni dopisnik, iz Najrobija, Adis Abebe, Rima, Njujorka i Brisela. Kratko vreme proveo je u diplomatskoj službi u Rimu. Povremeno je bivao nezaposlen. Popeo se na Kilimandžaro. Počinio je sijaset drugih nerazumnosti.

Njegova dela čine: *Republika Gvineja* (publicistika, 1976), *Etiopija: od imperije do revolucije* (publicistika, 1977), *Rat za Afriku* (publicistika, 1978), *Treći put italijanskih komunista* (publicistika, 1982), *Berlingver* (publicistika, 1984), *Crni Sizif* (priče, 1985), *Trbuh sveta* (priče, 1989), *Hronika nastranosti* (priče, 1990, 2016), *Sultan od Zanzibara i druge priče* (priče, 1993), *Dranje dabrova* (priče, 1995), *Put u Adis Abebu* (roman, 1997), *Judina posla* (roman, 1998), *Uloga jelovnika u svetskoj revoluciji* (priče, 2001), *Putopisi po sećanju* (priče, 2001), *Oslobađanje uma* (kolumne, 2001), *Bilo jednom u Beogradu* (priče, 2003), *Krpljenje paučine* (roman, 2003), *Kraj puta* (roman, 2006), *New York, Beograd* (roman, 2008), *Potapanje Velikog ratnog ostrva* (priče, 2009), *SOS: Save Our Souls ili Sve o Srbima* (eseji, 2010), *Afrikanac* (roman, 2011), *Ima li boga i druge drame* (drame, 2013), *Leto* (roman, 2014), *Miris lošeg duvana* (roman, 2014), *Grand central* (roman, 2015), *Pre nego što bude kasno* (roman, 2018) i *Pokrov tame* (roman, 2020).

U pozorištu mu je izvedena drama *Orden*, koja je na međunarodnom festivalu u Moskvi dobila nagradu za najbolji savremeni antiratni tekst. Radio-drama *A lutta continua* dobitnik je godišnje nagrade Radio Beograda. Na radiju su mu izvođene i drame *Generali vežbaju polaganje kovčega* i *Ljudi mete*. Po romanu *New York, Beograd* napisao je scenario za film *Jelena, Katarina, Marija*. Za isti roman dobio je nagradu „Zlatni hit Libris" za jedno od najčitanijih dela.

Bavio se i prevođenjem (Gabrijel Garsija Markes: *Riba je crvena*, 1999).

Zbirku priča *Hronika nastranosti* objavila je u prevodu na engleski izdavačka kuća *Minerva* iz Londona.

Dušan Miklja je bio i kolumnista lista *Blic*.

Živi u Beogradu i piše knjige.

Sadržaj

Knjige Dušana Miklje
u izdanju Agencije TEA BOOKS
(digitalna i/ili štampana izdanja)

CPSIA information can be obtained
at www.ICGtesting.com
Printed in the USA
LVHW041029220721
693398LV00003B/385

9 781716 165993